ソローキンの見た桜

日露戦争時代のロミオとジュリエット

豊田美加
脚本／井上雅貴、香取俊介
原作／田中和彦

満開の桜を、
あなたと一緒に見たかった——

「わたしはあなたに会うために、
サクラの国に来たのかもしれません」

日露戦争時代。
愛媛県松山市に、日本初の
ロシア兵捕虜収容所が設けられた。

ロシア将校ソローキンと、
日本人看護婦ゆい。
複雑な思いを抱えながらも、
ふたりは次第に心を通わせていく。

しかし、その愛は

決して
許されないものだった。

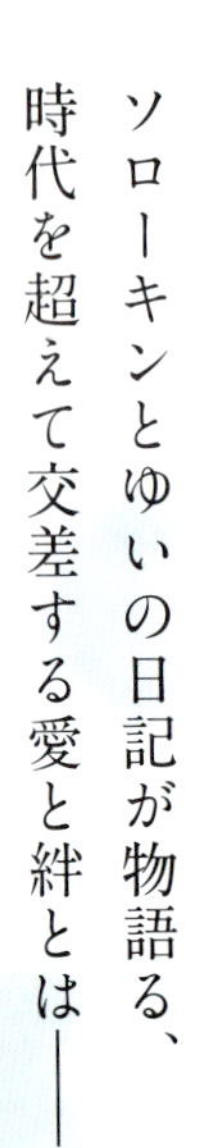

ソローキンとゆいの日記が物語る、
時代を超えて交差する愛と絆とは――……。

目次

登場人物
СИМВОЛЫ

現代

高宮　桜子（24）――松山在住のTVアシスタントディレクター
倉田　史郎（34）――松山在住のTVディレクター
高宮　菊枝（72）――桜子の祖母
ユーリャ（24）――S・ペテルブルグ大東洋学部日本学科卒
キリル（60）――S・ペテルブルグ大教授・戦争研究者

一九〇四－〇五年

武田　ゆい（24）――看護婦、英語教師
ソローキン（27）――ロシア軍捕虜、海軍少尉
アレクセイ（26）――ロシア軍捕虜、陸軍少尉
ミルスキー（34）――ロシア軍捕虜、陸軍中尉
ボイスマン（48）――ロシア軍捕虜、海軍大佐
河野所長（58）――松山収容所所長、陸軍大佐
室田（38）――河野の部下、通訳の陸軍中尉
山本下士官（38）――松山収容所の下士官
ソフィア（34）――ロシア人、看護の手伝いをしている
竹場　ナカ（24）――ゆいの同僚、看護婦
武田　健一郎（32）――ゆいの長兄、片脚を切断した帰還兵
武田　勇吉（60）――ゆいの父、和蝋燭店を営む
武田　タケ（55）――ゆいの母
武田　健二（22）――ゆいの弟、戦争で死亡

序　章

пролог

目も眩(くら)むほどの朝陽が、空と、大小の島々と、波ひとつないなめらかな海面をオレンジ色に染め上げていく。

一九〇四年（明治三十七年）、五月。

朝焼けの穏やかな瀬戸内の海上を、滑るように進む船があった。

ロシア兵の捕虜輸送船である。

船上デッキには、血と汗と土にまみれたロシア兵たちが、疲れ切った様子でうずくまっていた。どの兵も、不安と絶望から一睡もしていない。

去る二月八日、日本海軍は、遼東(りょうとう)半島の最西部にある旅順(りょじゅん)港を根拠地にしていたロシア艦隊を奇襲。二日後の十日には日本政府からロシア政府へ、正式に宣戦布告がなされた。

日露戦争の勃発である。

驚いたのは、帝政ロシアだ。国交断絶の通告は届いていたが、まさか極東の小さな島国が戦争を仕掛けてくるとは、夢にも思っていなかったのである。

世界に名だたる軍事大国ロシアは、はなから日本を見くびっていた。

なぜなら十年前、新興国日本は日清戦争で大国・清を破って欧米列強を驚かせたものの、台湾とともに割譲された遼東半島は、「清国に返還せよ」というロシア・ドイツ・フランスの三国干渉にあっさり屈したからだ。

不凍港を求めて南下政策をとっていたロシアは瞬く間に旅順と大連(だいれん)を占領し、軍港や要塞を築いた。『眠れる獅子』と恐れられていた清国は、いまや欧米列強の食い物になっている。

さらにロシアは極東における勢力拡大のため、どさくさにまぎれて満州を支配した。次に狙うのは朝鮮半島、そしてその次は……危機感を抱いた日本は、ロシアの満州支配に口を出さない代わりに、大韓帝国を支配したいと交渉を持ちかけてきた。

なんという身の程知らず。ちっぽけな弱小国を相手に、韓国を譲らなければならない筋合いがどこにあるというのか。当然、ロシアはこれを無視した。

そして、今回の宣戦布告である。世界最強国のイギリスと同盟を結び勢いづいたのだろうが、万に一つも日本に勝ち目はない。

開戦当初、ロシア軍の一兵卒までもが、そう信じて疑わなかったのだが……。

いま捕虜となり、日本へ向けて輸送されているロシア兵たちは皆、虚ろな表情でうつむいている。それはそうだ、向かう先は国情もよくわからない、海洋で隔絶された島国なのだから。

「日本人は、拷問が好きだそうだ」

「どうせ情報を聞き出したら殺すんだ」

「拷問されるくらいなら、いますぐ死にたい……」

ヒソヒソ話すロシア兵たちの悲壮な声が聞こえてきて、陸軍少尉のアレクセイ・クルシンスキーは思わず耳を塞いだ。野蛮なサムライの国だ。よしんば首を切られなかったとしても、どんな悲惨なラーゲリ（収容所）にぶち込まれるか……。

そんななか、舷側のそばに立ち、まっすぐに前方を見据えている若い士官がいた。

端正な顔は泥土で汚れ、頭には血のにじんだ包帯を巻いている。しかし、蒼く澄んだその目に宿る光は、決して敗者のそれではない。揺るぎない眼差しで、ただ明けゆく海を見つめている。

彼の名は、ソローキン。アレクセイよりひとつ年上の海軍少尉だ。そう言えば知っているのは姓だけで、イーミャ（ファーストネーム）はまだ聞いていない。

同じ捕虜でありながら、ソローキンはなぜ、これから戦場に向かう戦士のように雄々しく立っていられるのか……。

アレクセイはけげんな表情を浮かべ、つい昨日までいた戦場を思い出していた。


アレクセイがソローキンと出会ったのは、激戦地となった南山である。

二月の開戦以降、日本海軍は旅順港のロシア艦隊制圧に苦戦していた。その一方、陸軍も大部隊が陸から進撃を開始し、朝鮮半島と満州の国境である鴨緑江を渡って徐々にロシア軍を追いつめていた。

五月二十五日、日本軍の別部隊は、ロシア軍の拠点である北方の遼陽や奉天と旅順とを結ぶ要所の金州城を占領。間を置かず、その南近郊にある南山攻撃に移った。遼東半島の最狭部の南山を攻略し、旅順要塞を孤立させようというのだ。

が、南山は野戦砲や機関銃、地雷を備えた堅固な陣地である。しかも日本軍は、こうした近代的な要塞戦の知識がない。日本軍は想像以上に手強かったが、この南山を落とせるわけがないと、ロシア兵たちは高をくくっていた。

翌二十六日早朝、丘の上に砲弾の光が弾け、爆発音が響き渡った。

たちまち辺りは煙に包まれ、いたるところで火の手があがる。

耳をつんざく砲声。機関銃の渇いた音。鉄条網には軍服の切れ端や、誰のものか定かでない肉片が引っかかっている。

激しい攻防戦が何時間にも渡って繰り広げられ、夕刻には、想定外だった海上からの攻撃が始まった。

気づいたとき、アレクセイは煙霧の中で倒れていた。ガンガンする頭の痛みを堪(こら)えながら目を開けると、数メートル先の塹壕(ざんごう)に、腕や脚がちぎれ飛んだ同胞たちの無惨な死体が累々と折り重なっている。

ついさっき、アレクセイが逃げ込もうとして爆風に吹き飛ばされた塹壕だ。

……危なかった。起き上がって、安全な場所に逃げなくては。そう思うのに、土砂にまみれた体は固まったように動かない。

死の恐怖が、若い陸軍少尉を支配してしまったのだ。

「おい、生きてるか?」

血の気の引いたアレクセイの顔を覗き込んできたのが、ソローキンだった。

過呼吸気味になりながら小刻みに頷くと、ソローキンはアレクセイの腕をつかみ、体を引っぱり起こした。

「うっ……」

足首に激痛が走る。爆風で飛ばされたとき、捻ったらしい。それと察したソローキンが肩を貸してくれる。

「すまない」

歩き出すと、今度はソローキンが顔をしかめた。額から血が出ている。頭を負傷しているようだ。そのとき、アレクセイはおかしなことに気づいた。

「あんた、どこの部隊だ？」

ソローキンが着ているのは、陸軍の軍服ではなく、なぜか海軍のそれなのである。

なぜ、ここに？　問おうとした瞬間、下方から射撃音がした。ほとんど同時にソローキンがアレクセイに覆い被さり地面に伏せる。

小銃の音。日本兵だ。いつ山を登ってきた？　ロシア軍の機銃掃射をものともせず突撃してきたというのか。

なんというやつらだ。死を恐れぬ者に勝てるわけがない。

「……なんてこった！　ここが死に場所とは」

絶望の声をあげたアレクセイを、「まだあきらめるな！」とソローキンが叱咤しながら立ち上がらせる。

突然、一発の銃声がして、ふたりの足元に砂埃があがった。

ぎょっとして振り返ると、噴煙の幕から銃を構えた数名の日本兵が現れ、日本語でなにか怒鳴りながらゆっくりと近づいてくる。動くな、手をあげろと言っているのだろう。

こんなところで、俺は死ぬのか……足はすくみ、もはや捻挫の痛みも感じない。

一重の鋭い目つきをした日本兵が、じりじり距離を縮め、銃の撃鉄(げきてつ)を起こした。

殺される！

「いやだ、死にたくない！」

恐怖に駆られてとっさに逃げようとしたアレクセイを、ソローキンが抱きかかえるようにして止めた。

「待て！」

そして、暴れるアレクセイの耳元にささやいた。

「死にたくなければ、わたしと同じように叫ぶんだ」

なにを思ったたか、ソローキンは日本兵に向かって両手をあげると、いきなり大声で叫んだ。

「マツヤマ！　マツヤマ！」

なんだ――？　「マツヤマ」とは、どういう意味だ。

わけがわからないまま、アレクセイもソローキンを真似て叫ぶ。

「叫ぶんだ！　早く！」

「マ、マツヤマ！　マツヤマ！」

日本兵たちは銃を持ったまま顔を見合わせ、互いに頷き合っている。

どうやら、殺す気はないようだ。命が助かる魔法の呪文なのか、これは……？

生き残ったロシア兵たちはすでに退却を始め、日本兵が続々と殺到する小高い山に、「マツヤマ」の声だけが響き渡っていた。

第　1　章

Глава 01

名城と謳われる城は日本各地に数あれど、春の松山城の美しさといったら、ほかに類がないのではなかろうか。

松山城は、標高約一三二メートルの勝山にそびえ立つ四国最大の城郭だ。

江戸時代以前に建造された貴重な連立式の天守が、青空を切り取るように壮麗な姿を見せる。扇状の柔らかな曲線を描く石垣も、また見事だ。

ことに春のこの時期は、本丸に咲く約二百本の桜の花がまるで薄桃色の絨毯のようで、山の緑と織りなす自然の色模様が目を楽しませてくれる。地元の松山っ子でさえ、ついつい立ち止まって目を奪われてしまうほどだ。

――あの天守から見る景色は、絶景だろうなぁ。

高宮桜子は、市内を走るロケバスの車窓から、圧倒的な存在感を誇る松山のランドマークタワーを見上げていた。

山頂よりさらに三〇メートル高い天守の最上階からは、いまは史跡庭園になっている裾野の二之丸、三之丸はもちろん、松山平野が三六〇度見渡せる。

今日のような上天気なら、瀬戸内海に浮かぶ島々や、遠くに石鎚山（いしづちさん）も見えて、さぞや気持ちがいいだろう。

去年は忙しすぎて、一度も花見ができなかった。桜子なんて、完全に名前負け。好きで飛び込んだテレビ業界だけれど、本当に毎日が飛ぶように過ぎていく。

あーあ、こんなポカポカ陽気の日は、城山公園の芝生で寝転んで、ビールでも飲みながら大好きな桜をボーッと眺めていたい……。

「おい高宮」

「えっ！」

突然、名前を呼ばれて桜子は我に返った。

「なにボーッとしてんだ」

先輩ディレクターの倉田史郎（くらたしろう）が、こちらを見ている。無造作に伸ばした髪と不精髭、羽織ったシャツを腕まくりしたラフな格好は、いかにも業界人という感じだ。

「もう着くぞ」

カメラや音声などの面々は、すでに取材の支度を始めている。

「は……はいっ、大丈夫です！」

首にぶら下げたデジカメを掲げてみせ、さっきまで読んでいた資料を重ねて、バサバサとバッグに突っ込む。

桜子は二十四歳。ここ愛媛県松山市で生まれ、関西の大学を出たあと、地元のローカル局に就職したUターン組だ。現在は倉田の下でアシスタントディレクター、いわゆるＡＤをしている……と、言えば聞こえはいいが、まだまだ雑用係に毛が生えた程度の仕事しか任せてもらえないヒヨッコである。

桜子より十歳年上の倉田は、社内では一風変わったテレビマンとして有名だ。

なにしろ、彼の製作する番組には、人気のタレントも、流行りのスイーツも、オシャレなカフェも、いっさい出てこない。人であれ物であれ出来事であれ、いままでどこかに埋もれていたような、あるいは誰からも見向きもされなかったような、そんな題材ばかりを扱う。

しかし、その作品のいくつかは高く評価され、さまざまな賞を受賞しているのだ。

まさに南海放送のファンタジスタ――と、桜子はひそかにそう呼んでいる。

松山城から北に少し離れた御幸町の来迎寺の境内に、その墓地はある。

いまから約百十五年前、日本とロシアの間で、日露戦争が始まった。ここ松山には、日本初の捕虜収容所が設けられ、数千人ものロシア兵捕虜が収容された。その中で、傷病などにより異国の地で生涯を終えた捕虜たちを埋葬しているのが、この墓地——ロシア兵墓地なのである。ロシア人だけでなく、ポーランド人やタタール人など少数ではあるが、埋葬者は当時のロシア帝国の各地に及ぶ。

「とても残念なことですが、九十八名のロシア軍の捕虜の方々が、祖国の地を踏むことなくこの地で亡くなりました」

隊列のように規則正しく、まっすぐに並んでいる墓碑の間に勝山中学校の生徒たちが整列し、女子生徒会長の説明に静かに耳を傾けている。

「兵士たちの鎮魂のため、墓碑はすべてロシアに向かって北向きに建てられています。わたしたちは、亡くなられたロシア兵のことを忘れていません」

生徒会長の話が終わると、生徒たちはおのおの雑巾やほうきを手に取り、清掃に取り掛かった。彼ら地元中学生やボランティアの人たちが月に一回、この墓地の清掃活動を行っており、桜子たちはその取材にやってきたのだ。

見も知らぬ、それも外国の兵隊さんのお墓の掃除を、イマドキの中学生が真面目にやるのかしら。正直、桜子はそんなふうに思っていたが、どの子も一生懸命、カタカナで名前が刻まれた墓石を磨いている。

そんな経緯もあって、一九六一年から毎年開催されている慰霊祭は、勝山中学校の三学期の終業式に合わせて行われるという。

撮影クルーが仕事をしている間、桜子は、倉田に渡されたレジュメの写真資料を開いてみた。

モノクロの写真の中には、ここに移転する前の墓地だったらしき場所で、皆同じような単衣の着物を着せられた捕虜たちの姿があった。十字架を抱えている者もいる。

次は、木造のバラックの前にいる捕虜たちだ。松葉杖をついている大男がいたかと思えば、熱心に本を読んでいる者、小さなギター……たしかバラライカという楽器だったか、膝に抱えて弾いている者もいる。収容所なんて言葉からは悲惨なイメージしか浮かばないが、ずいぶんくつろいだ雰囲気だ。

桜子は顔をあげて、倉田を目で探した。

生徒の間に紛れてしゃがみ込み、名前と没年をロシア語と日本語で併記した墓誌をひとつひとつ覗き込んで、なにやら手帳にチェックしている。

「次、なに撮ればいいの？」

清掃の様子を撮り終えたベテランのカメラマンが、桜子に訊いてきた。

「え」

困った。倉田からは、取材に関する詳しい指示を受けていない。救いを求めるように倉田を見ると、ペンを持った手で、あっち、というように適当な方向を指す。

「えーと、こっち側に、カメラを向けていただいて……」

もう！　のめり込んだら、ほかのことは目に入らなくなるんだから……桜子は、心の中で毒づいた。


清掃は小一時間ほどで終わり、どの墓碑もピカピカに磨かれ、それぞれの墓前に新しい供花が供えられた。

「ごくろうさん」

倉田は帰っていく生徒に声をかけながら、取材内容をメモ帳に書き込んでいる桜子のところへやってきた。

「なんか、いい取材だったな」

のんきに、そんなことを言う。

「倉田さん、なにもしてないじゃないですか。仕事終わっちゃいましたよ」

ちょっぴり皮肉っぽい口調でやり返し、ふと訊ねた。

「さっき、お墓の前でなにしてたんですか？」

「まあ、ちょっと」

自分の手帳を弄びながら言葉を濁すと、倉田は桜子に向き直った。

「高宮、このあと時間あるか？　今回の特集で、頼みたいことがある」

いつになく改まった口ぶりだ。

むろん、仕事なら否も応もない。でも、わたしみたいなヒヨッコに頼みたいことってなんだろう？　けげんに思いながらも、「はい」と返事をする。

「よし」

心なしか、倉田は勇んだ様子でロケバスのほうへ去っていった。

その背中を見送って顔をあげると、視線の先に、薄化粧を施し、黄色いカーディガンを羽織った上品な老婦人がいた。

目をつむり、ひと際大きな墓碑――松山収容所で亡くなった捕虜の中で最高位だった、ワシリー・ボイスマン大佐の墓に手を合わせている。花束は供えたばかりに違いなく、色鮮やかな花びらは張りがあってみずみずしい。

ちなみに亡くなった翌年、大佐の遺骨は掘り起こされてロシアに返還されたという。

「おばあちゃん、今日も掃除しよったん?」

桜子は、笑顔で声をかけた。

老婦人は、桜子の祖母、菊枝(きくえ)である。暇さえあればこの墓地へ足を運び、ずっと以前――桜子が生まれる前から、この奉仕活動を続けている。

「血圧高いのに、無理しられんよ」

「ええ、ありがとう。ただ、落ち着くんよ。ここに来ると」

この遺骨の入っていない墓の隣には、「日露友好のかけ橋」と刻まれた、立派な大佐の銅像が建っている。地元の人々のこうした活動に感銘を受けたロシアの人たちの呼びかけによって寄付金が集められ、一九九四年に設置されたものだという。

「大丈夫やったらええけど」

おばあちゃん子の桜子はつい心配になってしまうが、菊枝は頭も足腰もしっかりしているし、肌なんか七十二歳とは思えないほどきめ細かだ。

「でも、あなたがここに来るのは珍しいね」

「取材で来たんよ」

メモ帳をバッグにしまいながら答えると、菊枝が唐突に訊いてきた。

「この墓地に興味があるん？」

「えっ？」

なぜか急に真剣な顔つきになった祖母に、桜子はやや戸惑った。興味どころか、そもそも日露戦争のことも、松山にあった収容所のことだってよく知らない。

「全然。仕事やけん」

だいたい、墓地に興味のある若い女子ってどうなのよ。ハハ、と桜子はごまかすように笑った。


「なんですか、これ」

テーブルの上に山と積まれた大量の本やファイルに、桜子は目を丸くした。

倉田に連れてこられたのは、城山の南裾に位置する坂の上の雲ミュージアム。説明するまでもなく、司馬遼太郎のあまりにも有名な歴史小説にちなんだ博物館である。

「さっきの、ロシア兵墓地の資料だ」

言いながら、倉田は次々と資料をめくっていく。

『坂の上の雲』は、松山出身の秋山好古（あきやまよしふる）・真之（さねゆき）兄弟と正岡子規の三人を主人公として、近代国家として成長していく明治日本の姿を描いた小説だ。その関係から、日露戦争の資料も豊富にそろっており、松山収容所のロシア兵捕虜の写真も多数保存されてあった。

高浜に上陸したらしき捕虜の一団。寺院の石段や境内で記念写真風にポーズをとっているのは、偉そうな風貌と立派な軍服からして将校たちだろう。日本人と一緒に写っているものもある。着物を着せられ、藁ぶきのバラックに収容されているのは身分の低い兵卒たちだと、容易に想像がつく。

かと思えば、包帯が痛々しい負傷兵と、彼らに寄り添う大きな赤十字の看護帽をかぶった看護婦さんたちの写真が何枚も出てくる。そういえば、松山城の二の丸の井戸の遺構から日本人看護師とロシア兵捕虜の名前が刻まれた古い10ルーブル金貨が発見されて、「恋人の聖地」という人気スポットになっていたっけ。

えっ、これはなに……？　次に出てきた写真に、桜子は目をみはった。

ロシア兵捕虜が、温泉旅館だろうか、浴衣でくつろいでいる。そればかりではない。学校を見学している写真、サイクリングや遠出を楽しんでいる写真、広間で着物の女性たちに接待されている写真、自転車競技に興じている写真、お相撲さんと一緒に写っている写真まである！

およそ、捕虜というイメージとはかけ離れた写真の数々に唖然としていると、せわしなく資料を漁っていた倉田が一冊のファイルを広げ、桜子に差し出した。

「あの墓地にはな、松山収容所で亡くなった九十八名のロシア人捕虜の墓が建っている。だが、この資料によると、九十九名の捕虜が亡くなっている」

見ると、それは当時の松山収容所が作成した死亡者リストのコピーらしい。

「墓が、ひとつ足りないんだ」

倉田の声が、少し熱っぽくなった。なにがなんだか、桜子のほうはまったく話についていけない。

遺体を紛失したとか？　まさかね。

「死亡したロシア兵の名前はソローキン。死んだはずの彼が、謎の手紙を送っていたんだ」

日露戦争が終わったあと、ソローキンはロシアから松山に手紙を送っていたというのだ。ということは、死亡者リストが間違っていたということになる。ソローキンは亡くなったのではなく、生きてロシアに帰国していたのだ。

「これが、検閲にひっかかった手紙だ」

倉田はまた資料の山を掻き分けて別のファイルを手に取り、開いた場所を指でトントンと叩いた。興奮したときによくやる、倉田の癖だ。

それは、英語で綴られた古い書簡だった。便箋の余白には、縦書きで一行、こう記されている。

『サクラハ　トテモ　ウツクシカッタ』

たどたどしいカタカナの文字は、そこだけが赤い色で書かれてあった。

「……これが、検閲に引っかかったんですか?」

いったいこれのどこが、不適切だと判断されたのだろう。

早くもほかの資料に目を落としている倉田は、「そうらしいな」と顔もあげずに答える。

「収容所の記録では、ソローキン少尉が捕虜になったのは一九〇四年の五月。不思議なのは、亡くなったとされる日付」

「いつですか？」

「一九〇五年の二月なんだ」

「……まだ桜は咲いてませんね」

まるでミステリーの謎解きだ。

松山では、開花は早くても三月の下旬。桜の時期に日本にいなかったはずのソローキンが、「桜はとても美しかった」という記述を残すのはおかしい。

桜子がファイルをめくると、書簡の封筒を写した写真が現れた。『不許可』の赤い判子が押されており、宛名は『To Yui Takeda』とある。

「たけだ、ゆい……」

初めて聞く名前なのに、なぜか懐かしいような気持ちがする。

ゆい……男性でもおかしくない名前だが、なんとなく、相手は女性だという確信めいた予感がした。

「ソローキンの日記がサンクトペテルブルグで見つかったんだ。だからロシアに一緒に行って、取材手伝ってくれ」

——ロシア？　え、いまロシアって言った？　早口で畳みかけられてぽかんとしていると、「そうだ、これ」と、倉田は資料の中から一冊の本を探し当て、桜子に押しつけてきた。タイトルは『松山捕虜収容所の日々』。著者はアレクセイ・クルシンスキーとある。

「神保町の古本屋で見つけたんだけど、これにソローキンのことが書かれてる」

また指でトントン。相当アドレナリンが出ているようだ。この謎解きが、番組の目玉になると思っているらしい。

「高宮！」

倉田の大きな手が、いきなり桜子の肩をガシッとつかんだ。

「は、はい」

「おまえしか頼めるやついないんだよ」

言葉遣いだけは下手(したて)だが、背の高い倉田が上から見下ろしてくる眼差しが、嫌とは言わせねぇぞ——そう言っている。

「……はぁ……」

それ懇願というより、もはや脅しでしょ。桜子は観念した。

帰途、市内を走る坊っちゃん列車——ディーゼル動力方式の蒸気機関車で、ドラフト音や水蒸気も本物さながらに工夫されている——に揺られながら、桜子は思案顔でため息をついた。

……ロシア兵捕虜の日記、か。

うら若き乙女には、それほど興味をそそられるテーマじゃない。でも、男の人って、こういう知られざるナントカ、みたいな歴史秘話が大好きよね。

とはいえ、仕事だから好き嫌いは言ってられない。それに、倉田の下で番組づくりをしていると学ぶことが数限りなくある。これまでも、さまざまな局面で目を開かされてきた。こんなふうな捉え方があったんだ、とか、そういう視点もあるんだ、とか。

それに、倉田のテレビマンとしてのカンの鋭さには、誰もが一目置いている。

——よしっ。

桜子は気合いを入れて、ソローキンのことが書いてあるという例の本を開いた。

これはサミズダートという、ソ連時代の反体制派の地下出版らしい。

ページをパラパラとめくり、桜子は文章を追いはじめた。

第 2 章

Глава 02

空高く昇った太陽が、傷ついたロシア兵たちを慰撫するように優しい陽射しを投げかけてくる。

昼頃、ソローキンたちを乗せた捕虜輸送船は、高浜海岸の桟橋に到着した。

奇異な形をした小島や優美な島々にまず目を奪われた。ロシアのそれとは微妙に色合いの違う海は温かく波打ち、なだらかな山の稜線に囲まれた入り江にそよぐ潮風は心地いい。

青々とした松が鮮やかな白い砂浜には、たくさんの日本人の老若男女が待ち構えていた。

桟橋を一列になって進んでいく捕虜たちを歓迎するように、日の丸の旗や旭日旗を振っている。この町——松山の人々らしい。

「ルースキー（ロシア人）さーん！」

笑顔の少年が、そう呼びかけてきた。なんのことだろうか。

思わぬ出迎えだったが、ロシア兵たちに応える元気はない。

腕や腹を押さえながら歩いていく捕虜たちに、剣付き銃を肩にかけた衛兵がニコリともせず早く歩けと手で指図する。何人かいる重傷者は担架にのせられて先に運ばれていき、自力で歩ける捕虜たちは砂浜に一列に整列させられた。

負傷の程度が人それぞれ違えば、外見も千差万別だ。トランクを持っている者、手ぶらの者。軍帽をかぶっている者、いない者。外套を着ている者もいれば、シャツ一枚の者もいる。共通しているのは、将校たちが腰に軍刀(サーベル)を吊っていることと、兵たちが皆、虚ろな表情をしていることだ。

砂浜で待機していた医官や看護婦たちがすぐに寄ってきて、ひどい怪我をしている負傷兵を列から連れ出し手当てをしてくれる。が、警備に駆り出されたらしい数名の警官は一様に怒ったような顔をしていて、捕虜たちに対する扱いがぞんざいだ。

「……七三！　七四！　七五！　七六！　七八！」

警官が大声を張り上げて、ひとりひとり指さしながら人数を数えていく。捕虜となったロシア兵は、全部で九十名ほどもいるだろうか。

「なにをする！」

突然、ソローキンの背後で騒ぎが起こった。振り返ると、アレクセイが剣を取り合うようにして警官と揉み合っている。

「剣を渡さんか！」

警官が青筋を立てて怒鳴った。どうやら、アレクセイの軍刀を没収しようとしているらしい。

――それでは、話が違う。ソローキンは間に入って警官に言った。

「乃木大将は、帯剣を約束したぞ」

乃木希典は、日清戦争で世界に武勇を轟かせた大日本帝国軍人だ。いま満州軍第三軍司令官として、旅順要塞を攻略せんとしている。彼の長男は、南山の戦いで戦死したと聞く。

ロシアにとっては最大の敵であるが、崇高な武士道精神を併せ持つこの軍人を、ソローキンは尊敬していた。同じ日本人にすれば、軍神のような存在であろう。

その乃木希典が、敵を敬い、敗戦の将にも帯刀を許すと約束したのだ。

しかし、日本の警官にロシア語が通じるわけもない。

「いいから、渡すんだ！」

怒声をあげ、無理やりアレクセイの軍刀を奪い取ろうとする。

「やめろ！」

カッとなったアレクセイが警官を突き飛ばし、軍刀に手をかけた。衛兵たちが銃を構え、これまで無邪気に旗を振っていた群衆が息を吞む。

ソローキンも思わず自分の軍刀の柄を握りしめ、一触即発の空気になったとき――。

「待ていっ！」

群衆を掻き分けて現れたのは、丸メガネをかけ、白髪交じりの立派なカイゼル髭を生やした軍人である。

「銃をさげんか！　みっともない」

「はっ！」

警官たちが、たちまち直立不動の姿勢になる。

一喝で場を収めたカイゼル髭の軍人は、やおらソローキンたちに向き直った。

「きみたちを収容する施設の責任者である。河野(こうの)だ！」

後ろに控えた室田(むろた)という部下の通訳官が、河野の言葉を早口でロシア語に訳す。どこで学んだのか、なかなか達者なロシア語だ。

「……終わったのか」

ちらと後ろを振り向いた河野に、室田が「ダー（はい）」とロシア語で返事をした。

「たしかにのう、旅順で帯剣を約束したかもしれんが、陸軍省から、帯剣領置のお達しが出とる」

通訳された河野の話に、ソローキンはアレクセイと顔を見合わせた。領置というのは、没収ではなく、平時まで預かっておくという意味だ。しかしけっきょく、奪い取るのと同じではないか。

そんなロシア将校たちの気持ちを察したのか、河野が続けた。

「わしも軍人じゃ。手放したくない気持ちはようわかる。軍人として、礼を守ることを誓う！」と、拳で自分の胸をドンと叩く。「諸氏も、礼を持って終始されたし」

それでも、軍人の誇りであり、自分の分身のような存在を手放す気にはなれない。

すると河野は軍帽のつばを少し押し上げ、思いがけず破顔した。

「ハーグ条約があるかぎり、きみたちの人権は守る！」

いかめしい顔が一転して、親しみやすそうなそれになる。

ハーグ条約とは、五年前の一八九九年にオランダのハーグ平和会議で制定された多国間条約のことで、その附属書『陸戦ノ法規慣例ニ関スル規則』に次の条文がある。

俘虜(ふりょ)は博愛の心を以て取り扱うべきものとす。

「嘘だ！　拷問して殺す気だ。だまされるな」

アレクセイがソローキンに囁く。疑心暗鬼になるのも無理はない。いくら綺麗ごとを並べ立てようと、実際の戦争とはそういうものだ。

河野はまた、眉間にしわを寄せた厳しい顔つきに戻り、じっとソローキンの目を見つめてくる。しばしふたりは睨み合った。

……同じ軍人として、その言葉を信じるしかない。

腹を決めてソローキンが敬礼すると、河野も敬礼を返してきた。

ソローキンはアレクセイに頷くと刀帯ごと軍刀を外し、そっと刀身にキスをして河野に差し出した。それを受け取るよう、河野があごで室田を促す。

アレクセイやほかの将校たちもソローキンに倣い、自分たちの軍刀を外してしぶしぶ警官に手渡した。

「丁寧に扱え！」

ソローキンの軍刀を受け取った室田が、警官を怒鳴りつけた。渡された軍刀を取り落としたのだ。警官は泡を食って、「はっ！」と軍刀を拾い上げた。

「所長、あちらへ」

「おう」

河野と室田は、再び群衆を掻き分け大股で去っていった。


ロシア兵捕虜の一団は、いくつかのグループに分けられて収容されることになった。

ソローキンたち将校が連れてこられたのは、大林寺という大きな寺院だ。松山城主・久松家の菩提寺であり、十七世紀前半に建立された由緒ある寺である。

「……五、六、七、八、九、十、十一。異常なし！」

境内に整列させられた捕虜たちを、日本人の衛兵が数えていく。

「……なんで日本人は何度も数えるんだ」

列車に乗る前に点呼、列車を降りて点呼、人力車に乗る前に点呼。点呼、点呼、点呼。

アレクセイは、またかというウンザリ顔だ。

「几帳面なんだよ、日本人は」

ソローキンは苦笑した。室田とは別の通訳によって記入された捕虜の銘々表とやらには、氏名・年齢・国籍・階級・所属部隊はもちろん、捕虜となった場所や収容先、傷の有無、さらには死んだときに記入する欄まで設けてあって、むしろ感心してしまった。

ふいに楽しげな声がして振り向くと、近所の子どもたちだろうか、着物を着た少年少女が門のところに集まっていた。ロシア兵を見物に来たらしく、物珍しそうに近寄ってこようとするのを、ほかの衛兵が止めている。外国人を見るのは初めてなのかもしれない。

屈託のないその笑顔に、自然とソローキンの口元はほころんだ。年下の子どもたちのお守り役らしい一番年長の女の子は、ソローキンの妹が小さかった頃にどこか似ている。国同士が敵対していようと、肌や目の色が違おうと、子どもは皆、人類の宝だ。

おかげで気持ちがほぐれたソローキンは、改めて周囲を見回した。

古びた赤いエプロンのようなものをつけた、円い頭の小さな石像が見える。軒下の精巧なドラゴンの彫刻は、まるで芸術品のようだ。あの複雑に組み合わされた梁は、どういう造りになっているのだろう……。

興味津々であちこちに視線をさまよわせていると、ふいに軍服のロシア人が石段の上の渡り廊下に現れた。見張りの日本人番兵が敬礼をする。

横顔でよく見えないが、顔を覆うように髭を生やした、威風堂々とした中年の軍人だ。

負傷したのか、杖をつき、右脚を引きずりながら歩いている。

ソローキンはハッと思い当たった。あの方は、もしかして……そう思ったとき、彼が立ち止まってこちらを見下ろした。

「ボイスマン大佐だ！」

「ボイスマン？」

アレクセイが訊き返してくる。

「ペレスヴェート号の艦長で海軍の英雄だぞ！」

興奮気味に答え、列を離れて石段のほうへ行こうとすると、下士官の山本(やまもと)が血相を変えて飛んできた。

「勝手に動くな！」

乱暴にソローキンを押し戻し、「一般兵はあっちへ。将校はここに」と部下に指示を出す。

「いいんだ、動くな」

ボイスマンがソローキンに声をかけながら、不自由な足でゆっくりと石段をおりてきた。

山本と敬礼を交わし、彼が去ると、ソローキンの前に立って懐かしそうに目を細めた。

「アレクサンドル・ソローキン」

ソローキンも笑顔になって敬礼する。

「ご無事でしたか」

ボイスマンは頷くと、その場に残っていたアレクセイたち将校に「敬礼！」と号令をかけた。一同、ピシッと背筋を伸ばして敬礼する。

ボイスマンはまたソローキンに向き直り、柔和な笑みを浮かべた。

「軍隊に興味がなさそうだったのに……海軍の将校になったか」

立襟の上着を見て、ポンと腕を叩く。

「ずいぶんと立派に成長したな」

「おかげ様で……」

ボイスマンは、同じく職業軍人である父親の古い友人であり、まだ少年だったソローキンを「サーシャ」と愛称で呼んで可愛がってくれた。

「しかし、海軍の伝説のあなたが、なぜここに？」

彼のような英雄と、捕虜という身の上がどうしても結びつかない。

「多くの部下を死なせてしまった……」

ボイスマンはつらそうに顔を背けた。

「そうでしたか……」

「しかし、わたしは助かった。兵とともに生きるのが、わたしの運命だ」

負傷した兵たちを残して、自分だけが故国に帰れようか。目がそう語っていた。

ソローキンは畏敬の念を込めて、乃木大将に勝るとも劣らない武士道精神の持ち主を見つめた。ワシリー・ボイスマンこそ、真の軍人だ。

「もう行くぞ！」

山本が戻ってきて、将校たちを追い立てる。

「あとでロシアの状況を教えてくれ」

歩き出したソローキンに、ボイスマンが小声で囁いた。


ソローキンとアレクセイは、平屋建ての大きな建物——寺の本堂に連れていかれた。

「おい！　靴を脱げ！」

山本がアレクセイの足元を指さして怒鳴る。言葉は通じなくても、靴を履いたまま部屋の中にあがってはいけないらしいことは理解できた。

「……なんで脱ぐんだ？」

意味がわからない、というようにアレクセイが薄笑いしながら戻ってきてブーツを脱ぐ。

ソローキンも、縁にかけていた足を戻して靴を脱ぎ、中に入った。

広い室内は薄暗くひんやりとしていて、独特の香りがする。

頭上を見上げると金色(こんじき)の装飾がシャンデリアのように天井からぶら下がり、正面奥には、これも全身金色の仏像が安置されている。独特の静謐(せいひつ)さがあって、ここが祈りの場所らしいということは、ソローキンにもわかった。

板張りではない床の部分は、足の裏の感触が柔らかい。ソローキンはしゃがみ込んで、指の先を滑らせてみた。

「草でできている床だ」

これは「畳」というものだと、のちに教わった。

「よく燃えそうだ」

アレクセイが、本気とも冗談ともつかない口調で言う。

山本が、早くついてこい、という仕草でふたりを急かした。

何度も角を曲がり、格子状のガラス戸と、木枠の白い壁の間の回廊を進む。どういう造りになっているのか、不思議な建物だ。

外の庭には、散歩をしたり、立ち話をしたりしている捕虜の姿が見える。

アレクセイがなにげなく白い壁に手をやると、ずぼっと穴が開いた。壁ではなく、木枠に薄い紙を貼って作ってあるらしい。横に動かすと造作なく開き、中は先ほどと同じ、草でできた床の小さな部屋になっていた。

「紙のドアか」とアレクセイが笑う。「簡単に逃げ出せそうだな」

衛兵に聞かれたらどうするのだ……ソローキンは呆れた。

白い紙のドア——これも、のちに「障子」というものだと知る——で仕切られた小さな部屋をいくつも通り過ぎる。ここが捕虜たちの宿舎になっているようだ。いったい、どれくらいの人数が収容されているのだろう。

じつは、松山の当時の人口はたったの三万四千。対して、収容された捕虜は多いときでは約四千名にものぼった。ちなみに収容所は全国に二十九ヶ所設けられ、戦争期間中の約二十ヶ月の間に、七万二千人のロシア兵が日本に送られてきている。

「おい、おまえら！」

先を歩いていた山本が立ち止まり、ソローキンたちを振り返った。どうやら、ふたりにあてがわれる部屋に着いたようだ。

中を覗くと、二名の先客がいた。床に座り込んでチェスをしていたが、ソローキンたちを見ると立ち上がって迎えてくれる。

「失礼します。わたしは海軍少尉ソローキン」

ソローキンは部屋に入って挨拶した。

「アントン・ダレフスキー少尉だ」

「わたしは、アレクサンドル・ミルスキーだ」

ミルスキーは陸軍中尉だという。

「陸軍少尉アレクセイ・クルシンスキーです」

互いに自己紹介をし、敬礼と握手を交わす。

「どうぞ座って」

年齢も階級も一番上のミルスキーが勧めた。

「このまま床に?」

ソローキンが訊くと、「椅子はない」とアントン。この狭い部屋で、四人もの男が暮らすのだろうか。

ロシア兵捕虜は、市内でいちばん大きい公共建築物である公会堂や、あちこちの寺院に振り分けられて収容されたが、人数が予想以上に多く、収容施設が間に合わないそうだ。

「おまえたちは健康そうだが、拷問は大丈夫か？」

アントンが言う。ミルスキーが笑っているところを見ると、新入りをからかっているらしい。

「ここは天国だ」

「天国……？」

ミルスキーの言葉に、ソローキンとアレクセイは顔を見合わせた。

「どういう意味だ」

「強制労働もなく、ロシア人に合わせた食事も出る。拷問も一切ない。申請すれば散歩もできる。物価も安い」

ミルスキーはチェス盤をひっくり返して台にすると、日本の急須と湯呑みを取り出し、ふたりのために飲み物を用意した。

「海軍省から出た給金で、なんでも買える。喜んでのんびりすればいい」

その口調が皮肉っぽいのは、気のせいだろうか。ソローキンが小さな陶磁器のカップに口を近づけると、中は紅茶ではなく透明の液体で、強いアルコールの臭いがツンと鼻をついた。

「だから落ち着いているのか？」

想像していた捕虜生活とは一八〇度違う。アレクセイは不可解そうに言い、傍らにあった空の酒瓶を驚いて手に取った。

「酒も飲めるのか？」

「もちろんだ」とアントンが自分の酒を差し出す。一般の兵卒は禁止されていたが、将校には飲酒が許されていた。

アレクセイはひと息に酒を呷り、空になった湯呑みにまた酒を注いでもらう。

そこへ、廊下を着物の少年が通りかかった。ミルスキーが「シロ！」と呼び止める。寺の息子の四郎が、「なに？」と部屋に入ってきた。

「コニャックを買ってきてくれ」

ロシア語で頼むが、当然のこと四郎は理解できない。

「コニャック、クダサイ」

ミルスキーがカタコトの日本語で言い、代金とは別に駄賃を渡すと、「わかった」とニコッと笑って出ていった。ロシアの将校たちは貴族や裕福な家の者が多く、同盟国のフランス領事経由で受け取る給金以外に本国から潤沢な送金があったのだ。

「良い子だ」

ミルスキーにも、故国に同じ年頃の息子がいるのかもしれない。

「遊郭に行けば、女だって買える」

アントンが言った。酒に女。真面目なソローキンの顔に嫌悪が浮かぶ。

「それで天国か……」

誇り高きロシア兵が落ちぶれたものだ。

「ソローキン、冗談だ」

ミルスキーはとりなすと、真顔になって言った。

「監視され、やることがないのは苦しい。この生活がいつ終わるのかわからない」

やはり「天国」とは自虐的な意味で、こっちが本音なのだ。日本側にしてみれば、なにが不満なのだと思うだろう。だが、徴兵で引っぱられた貧困層の兵はともかく、士官学校を出たミルスキーたち職業軍人にとってこの収容所生活は、水を与えられて生かされている植物と変わらない。

「いったい、ここはなんなんだ。収容所に見えないが……」

アレクセイの問いに、アントンが答える。

「寺だ。仏教のな。将校は寺で、一般兵はバラックだ」

これには驚いた。日本人は、異教徒が寺に住むことに抵抗はないのか。

「日本人は俺たちを仏教徒にしたいのか？」

わけがわからないことばかりだと、アレクセイが苦笑いして冗談めかす。

実のところ、日本には、捕虜のような集団を収容する建造物が寺以外ほとんどないのである。

「日本人はそんなこと気にしない。それよりも条約を最優先にしている。それだけは良いことだ」

ミルスキーが言った。日本が国際法の遵守をことさら意識するのは、世界に近代国家として認められたい、その一心からだ。

「もう一杯、もらえるか？」

少し顔を赤くして、アレクセイが言った。

その頃、ボイスマンは収容所の所長室を訪れていた。

「なにか用ですか？」

執務机についた河野の傍らに室田が立ち、同時通訳をする。

「わざわざお呼びたてして申し訳ない」

言葉遣いは丁寧であるが、着席している河野に対し、足の悪いボイスマンは立ったままだ。しょせん捕虜は捕虜。どんなに寛容を装っても、その意識が透けて見える。

「さあ、ボイスマン大佐……捕虜最大の楽しみを奪うな、とおっしゃった。あれはどういう意味じゃ」

「肉親との手紙です」

「手紙のやりとりは許可しとる。郵送代も日本が負担しとる。なにが不満だ？」

「少しでもわからないところがあると、暗号の疑いありとして却下。捕虜は不満を抱き、日本人と対立しかねない」

軍事に関することや日本を批判する記述、捕虜生活の不満など、禁止事項は一切書いていない。にもかかわらず、翻訳者のロシア語の知識が乏しいために、あれもこれも発送差し止めになる。向こうから来る手紙も同様で、検閲を通ったとしても、お互いの手元に届くのは二、三ヶ月も後だ。

「それは、検閲。どこの国でもやっとるわい！」

「ロシアは偉大な文学の国。美しい言葉を使い、言葉にいろいろな意味を込めるのです」

プーシキン、ゴーゴリ、レールモントフ、ツルゲーネフ、ドストエフスキー、トルストイ……この偉大な文豪たちの作品を、河野は一作でも読んだことがあるだろうか。

「それを下手な翻訳で、すべて暗号と解釈される」

愛しい人を花や鳥に例えて呼ぶことさえ、日本人には想像に遠く及ばないらしい。

「ボイスマン大佐」

やれやれというふうに河野が立ち上がって、ボイスマンのほうへやってきた。室田も影のようについてくる。

「ロシア兵への対応は、政府が決めたことに則って、わしは処理をしとるだけじゃ」

そこに、あなた自身の心はないのか。顔には出さないが、怒りが込み上げる。

「あなたの自慢の人道的な扱いにはとても感謝しているが、ロシア人にとって手紙は、大事な故郷との唯一のつながりなのです」

河野のカイゼル髭が小刻みにピクピク動く。苛立ったときの、この男の癖だ。

「あなたには理解できない……当たり前か」

諦めとともに、ボイスマンは言った。

「もういいですか?」

河野は、苦虫を噛み潰したような表情になった。捕虜という身分を考えれば、松山のロシア兵たちは破格の待遇を受けている。これを伝え聞いて、「マツヤマ」と叫んで投降するロシア兵もいるらしいではないか。これ以上、なにが不足だというのだ?

「……行ってよし」

河野が苦々しく命じると、ボイスマンは黙って背を向け部屋を出ていった。

「おまえも、わかっていない」

河野は勉強中のロシア語で吐き捨て、「あっとるか?」と室田に訊く。

「ダー(はい)」

「ダー言うな!」

言いやすさからか、つい口から出てしまうらしいが、耳障りでしょうがない。

河野は、はあ~と天を仰いだ。まったく……ハーグ条約なんぞ、捕虜がつけ上がるための条約だ。

重厚な寺の反り屋根に、雨が打ちつけている。

日本はもうすぐ「梅雨」という雨の季節に入るらしい。ロシアでも、ソローキンの故郷であるペテルブルグなどは秋になるとしょっちゅう雨が降るが、ロシア全体の年間降水量は少なく、降っても霧雨や小雨といった風情で、傘をさす者はほとんどいない。

日本のように降り籠められるような雨は、寺という場所のせいもあるのだろうが、鬱陶しくてしかたがない。肌にまとわりつくじめじめした湿気も、ロシア人は苦手だ。

屋根のある場所で三々五々集まっている捕虜たちは、酒やドゥラークという平民がよくやるトランプゲームで鬱屈を紛らわしている。

だが、ざあざあという雨音は、密談にはもってこいだ。

「ロシアの状況はどうなっている？」

本堂の階段に並んで座ると、ボイスマンが世間話でもするようにソローキンに訊ねた。

ふたりの隣にはそれぞれミルスキーとアレクセイが座って、ブーツの手入れをしながらさりげなく周囲に目を配っている。ロシア語の会話とはいえ、うかつなことは言えない。

日本側のスパイがどこで聞き耳を立てているかわからないからだ。幸い、捕虜の増加に伴って警備は手薄になっている。

「ロシアは、いつも矛盾している」

憂いを帯びた口調で、ソローキンは言った。

産業革命を成し遂げたイギリスやフランスに比べ、貴族が大地主を兼ねる農奴社会であるロシアは大きく遅れを取っていた。一八五三年に勃発したトルコとのクリミア戦争に敗北すると、自国の立ち遅れに焦ったロシアは大改革を断行する。すなわち農奴を解放し、鉄道建設を進め、あらゆる組織改革を進めたのである。

しかし、ロマノフ王朝の専制政治を維持しながらの社会改革と近代化はロシアの「矛盾」をさらに深めることになり、国民生活は逼迫(ひっぱく)した。とはいえ、資本主義的な産業革命がいかに労働者を悲惨な状況に追い込むかは、イギリスやフランスを見れば明らかだ。

そんななか、知識人や労働者の間で社会主義思想や革命思想が台頭したのは自然のなりゆきといえよう。

ヨーロッパでは一八四八年にはすでにマルクスとエンゲルスによって「共産党宣言」が、一八六七年にはマルクスによる「資本論」が刊行されていたが、ニコライ二世を皇帝に戴く絶対王政のロシアでは、社会主義に対する政府の弾圧は厳しかった。

それでも改革の流れは止められず、ついに本格的な社会主義政党が誕生した。それほど、ロシアの労働者や農民は過酷な窮状にあったのである。

ロシアの抱える「矛盾」はもう、限界まできている。

「庶民の反乱が多くなり、軍隊でも反帝政派が広がってきました」

ソローキンは言った。ロシアばかりか、ポーランドやフィンランド、アルメニア、グルジアなど、帝政ロシアに圧迫を受けている民族が独立を目指して蠢いている。

「噂は本当だったか」とボイスマンがつぶやく。

「日本と戦争している場合じゃない」

ミルスキーが、ボロ布で靴を磨きながら小声で吐き捨てた。裕福な大貴族である公爵の彼は、いまのロシアの状況は気が気でないに違いない。

「戦争に都合の良い時期はない」

数々の戦地に赴いたボイスマンだからこそ出てきた言葉だ。

「……ここマツヤマの捕虜収容所にも、反帝政派が潜り込んでいるらしい」

どこから聞き及んだのか、ミルスキーが言う。

不安定なロシアの社会情勢は、日本にとっても好機にほかならない。事実、ヨーロッパに派遣された明石元二郎大佐は、反帝政派に資金提供をするなどして、社会主義運動を助長する工作に奔走していた。

「見つけたら報告しろ。わたしなりに情報を集めるため、収容所の日本人を何人か手懐けている」

声を潜めてボイスマンが打ち明けたとき――。

「どけ！」

突然、日本語の怒声が轟いた。

ソローキンたちが驚いて声のほうを見ると、見回りだろうか、建物をつなぐ屋根付きの渡り廊下に、室田を従えた河野の姿が見えた。

怒鳴ったのは室田のほうで、酒を飲んでだらしなくたむろしているアントンたち数名のロシア兵が通行の邪魔だったらしい。彼らは、敬礼はおろか立ち上がりもせず、体を端に寄せることすらしない。

「ええ、ええ。わしがどけばええんじゃ。ハハ……」

ここは河野が寛大なところを見せて通り過ぎ、本堂の前にいるボイスマンたちに気づいて立ち止まった。

一同立ち上がり、ボイスマンの号令で一糸乱れず敬礼する。さまざまな権利を与えられているとはいえ、いつ終わるともしれない捕虜生活では、とかく風紀も秩序も乱れがちだ。上の者が規範を示さなければならないとボイスマンは考えているのだろう。

河野と室田も敬礼を返して歩き出すと、ボイスマンは再び腰をおろしながら片目をつぶった。その仕草が、ソローキンには、誰かに目配せしたように見えた。雨滴が目に入っただけなのかもしれないが……。

「敬礼せんか！」

悶着にならずに済んだと思ったら、腹の虫が収まらないのか、室田がアントンに怒鳴った。酔いも手伝っているのだろう、アントンは木の腰掛けに座ったまま、ふてぶてしい態度で無視している。一緒にいる、若い将校たちも同じだ。

「おい！」

山本が駆けてきて若い将校を足で蹴飛ばし、「貴様！」とアントンの胸ぐらをつかんだ。

「どうした？」

ソローキンは驚いて駆け出した。

山本はまなじりを裂き、鬱憤を晴らすかのように何度もアントンの顔を殴りつけている。それでも足りず、地面に倒れたアントンに向かって銃床を振り上げた。

「やめろ！」

ソローキンが間に飛び込んで山本の腕を押さえ、揉み合って山本を向こうに突き飛ばす。丸腰で無抵抗の捕虜に暴力を振るうとは。将校相手にこうなのだから、一般の兵卒たちはもっとひどい扱いを受けているかもしれない。振り返ってアントンに手を差し伸べたとき、背中に室田の強烈な蹴りが入った。

のけぞって倒れ込んだソローキンは、運悪く腰掛けの角に頭をしたたか打ちつけた。すかさず室田が軍刀を抜き、倒れたソローキンの鼻先に剣先を突きつける。

そこへアレクセイが飛んできて、かばうようにソローキンの前に立ちはだかった。騒ぎを聞きつけた衛兵たちも寺内の各所から集まってきて、少し離れた場所にいる河野を守るように銃を構えた。

「室田！　そこまで！」

黙って成り行きを見守っていた河野が、白手袋の手を開いて待ったをかけた。

ソローキンは痛む頭を押さえながら皆に助け起こされ、アントンも仲間たちに両脇を抱えられて立ち上がった。アレクセイを先頭にしたソローキンたちロシア兵捕虜の集団と、刀を納めた室田とが火花を散らして睨み合う。

そこへ、ボイスマンが杖をつきながら割って入ってきた。

「河野所長。体罰は軍人にあるまじき行為。条約違反ではないですかな?」

室田がすばやく河野に通訳する。その間にボイスマンはロシア兵たちを振り返り、「おまえら、大丈夫か?」と声をかけて、また河野と対峙した。上級将校である自分は、部下を守る義務があるというように。

一方、ロシア兵捕虜たちの分をわきまえぬ態度を大目に見てきた河野も、今度ばかりは堪忍袋の緒が切れた。

「ボイスマン大佐。あんたは立派な軍人じゃあ。部下をかばう気持ちはようわかる。うん。しかしな、今日は言わせてもらう。あんたら、ちぃーっと条約に甘えとらんか? 自分たちが捕虜だということを、わかっとるんか?」

「あなたは、ロシア人をわかっていない」

口調は穏やかながら、ボイスマンは一歩、河野に詰め寄った。

「条約を守れば、すべて納得するとお思いですか?」

自問自答するかのように、首を横に振る。

「ロシア人は、自分でも理解できないくらい複雑なのです」

室田の通訳に耳を傾けていた河野は、呵々大笑した。

「わはははははは……気の毒じゃのう」

そしてまたしかつめらしく顔を引き締めて、

「しかし、卑しくも軍人じゃ。最低限の礼節は守るべきと違うか?」

ボイスマンも引き下がらない。

「捕虜の体罰……一等国になるには、まだまだですな。あなたがたの行為は人間的ではない」

「なに?」

カイゼル髭が激しく痙攣した。

「そっちの一等国は、捕虜になったら飲んだくれか。情けないですな」

河野が一矢を報いる。ふたりは互いに譲らず、目を逸らさない。

が、先に均衡を崩したのはボイスマンだ。

「わからないのか?」

哀れむような笑みを漏らしたあと、ボイスマンは再び部下たちを振り返った。

「今日から禁酒だ。わかったか？」

上官に対してさすがに文句を言う者はいないが、皆、納得いかない様子だ。酒なしで、どうやって憂さ晴らしをするというのか。

「……今回は許してやる」

ボイスマンの譲歩を受けて河野はロシア語で言い、いつものように「あっとるか？」と室田に確認する。

「ダー」

「ダー言うな！」

河野はボイスマンたちに向かって顎をそらすと、威厳を見せつけるようにゆっくりと歩き去った。

「もう終わりだ」

ボイスマンが解散するよう促し、捕虜たちは三々五々その場を離れていった。

次の瞬間、ひとりボイスマンのそばについていたソローキンは、驚くべき光景を目にする。いつも河野に影のように付き従っている室田がなぜかその場に残っていて、周囲に気づかれないようボイスマンの手の中に折り畳んだ紙を押し込んだのだ。

ボイスマンが抱き込んだ日本人とは、大胆にも収容所所長の側近だったのである。

もしかすると、あの目配せはボイスマンの指示だったのか？　河野に疑われないよう、室田はわざとアントンに絡んで騒ぎを起こしたのではないだろうか。

室田は声を失っているソローキンに近づいてきて、さらに驚くべきことを早口で囁いた。

「おまえの行動をすべて知っている。ここにいる理由もな。困ったことがあれば、俺に相談しろ」

室田はボイスマンに敬礼し、足早に河野の後を追っていった。

「我われにもスパイは必要だ」

ボイスマンはかすかに笑みを浮かべ、まだ呆然としているソローキンを残して去っていった。入れ替わりにアレクセイが戻ってきたが、話の内容は聞こえていなかったようだ。

ミルスキーもわりあい近くにいたが、頭の中は別のことでいっぱいである。

「酒が禁止か……まずいことになったな」

呟いて、せわしなく煙草をスパスパふかした。

翌朝、ミルスキーが寺門のそばで待っていると、大きな桶を両腕に抱えた四郎が外から帰ってきた。

「買うてきた」

頼んであったコニャックだ。ナプキンをかけて隠してくるとは、四郎はなかなか気が利く。ボイスマン大佐に見つかったら大変だからな。

急いで駆け寄ってナプキンを取ったミルスキーは、ぽかんとした。そこに現れたのは洋酒の瓶ではなく、大人の拳くらいの大きさの、見かけは石のような物体だ。

「……これはなんだ？」

鼻を近づけて嗅いでみる。とくに匂いはしない。

「日本のコニャック？」

まさかと思いながらも訊ねると、四郎はこっくりと頷く。日本のコニャックは液体を固めたものなのか……？

ミルスキーが桶をゆすってみると、四郎が近所の店から買ってきた大量のこんにゃくがプルプル震えた。

あとでよくよく聞いてみたところ、四郎がコニャック代を全部渡したものだから、店のこんにゃくが全部なくなってしまったという。こんにゃく屋の主人も、ロシア人はそんなにこんにゃくが好きなのかと驚いたに違いない。

食事の時間、ボイスマンの卓はソローキン、アレクセイ、ミルスキー、アントンら若手将校が固め、従卒が給仕についた。コニャックが化けたこんにゃくは調理され、スープとバター付きパン、そしてステーキと一緒に食卓で存在感を放っている。

「なんだこれは?」

アレクセイが不気味そうに、こんにゃくをナイフで突いた。なぜこんにゃくを買ったのか理由を追及されると困るので、ミルスキーはだんまりを決め込んでいる。

そのとき刺すような痛みが走り、ソローキンは頭を押さえた。昨日の騒ぎでぶつけたのがいけなかったらしい。大したことはなかろうと放っておいたが、次第に痛みが増してきた。

「体調が悪いのか?」

気づいたミルスキーが訊ねてきたが、ソローキンは大丈夫、というように手で制すると、息苦しさを感じて襟元を緩めた。

横に座っているアレクセイは、ナイフで肉を切ろうと悪戦苦闘している。

「それにしても硬い肉だな」

「日本人は肉に慣れてないから、味を知らないんだよ」

小馬鹿にしたような口ぶりのアントンを、ボイスマンが諌めた。

「文句を言うんじゃない。ここでは肉は高級品だ。このパンだって、アメリカの最高級の小麦だ」

牛肉不足のなかで、将校たちの昼食や夕食には、タンカツレツやビーフコロッケ、ビーフシチュウなどが供される。紅茶はもちろん、牛乳や卵もだ。ロシア兵捕虜たちの食費は、日に将校が六十銭、下士卒が三十銭で、日本の兵卒の食費が一日十六銭前後なのを考えれば、どれほど優遇されているかがわかる。

それでも、パンがまずい、野菜が粗悪だ、など食事への不満と苦情は絶えない。

「我われには、日本兵より金がかかっている」

「なんでそんな無理をするんだ」

アレクセイが肩をすくめる。

「世界に認められるために必死なんだよ」

ミルスキーが言い、アントンがフンと鼻を鳴らして頷く。

彼らが日本を見下すのは、ツァーリ（皇帝）の日本嫌いの影響もあるかもしれない。ニコライ二世は皇太子時代、訪日中に警備の警察官に切りつけられたことがあり、日本人を猿と呼んで軽蔑している。日露戦争が始まったときには、大喜びしたほどだ。

だが、それは現実を直視しているとは言えない。

「日本はまだまだ貧しい国だ。しかし、偉大なロシアは日本に苦戦を強いられている。我われは条約がなければ、ひどい扱いを受けただろう。幸運だったと思ったほうがいい」

ボイスマンにたしなめられ、ミルスキーたちはうつむき加減で黙り込んだ。

次の瞬間、ソローキンがスプーンを取り落とした。体がぐらりと揺れて、畳の上に横倒しになる。

「ソローキン！　どうした？」

アレクセイが慌てて覗き込むと、ソローキンは脂汗を流し、顔からは血の気が引いている。これは、ただごとではない。

「大変だ！　誰か来てくれ！」

そばに立っている日本の衛兵に向かって、アレクセイは大声で叫んだ。

*

桜子はいつしか本に引き込まれ、自宅に帰ってからも、アレクセイという陸軍士官が書いた捕虜記をソファで読み続けていた。

内容は『松山捕虜収容所の日々』という題名どおりの収容所体験記で、捕虜たちの日常生活が綴られている。そして著者のアレクセイとともに、遼東半島の南山という激戦地で日本軍の捕虜となったのが、問題の手紙の人物「ソローキン」なのだ。

ソローキンは当時二十七歳。二十四歳の桜子とそう年齢の変わらないことに驚く。

彼らの目から見た明治日本の姿や、当時の写真の数々も貴重な資料となっていて興味深い。一世紀以上も前の遠い出来事のように思っていたけれど、なんだかグッと身近に思えてくる。

一気に読了すると、桜子は本を閉じて、菊枝が用意してくれた坊ちゃん団子を手に取った。

「ソローキンたちも、松山に来て驚いたやろね……」

なぜ松山に最初の収容所が？　という疑問が当然湧く。桜子もまず不思議に思い、スマホで検索して調べてみた。すると理由は諸説あって、気候が温暖だったこと、港のある高浜から町まで軽便鉄道――「坊ちゃん列車」が走っていたこと、大陸に近く輸送に便利であること、歩兵第二十二連隊の駐屯地であったこと、道後温泉があるから、なんてことも書いてあった。

ロシア兵が温泉につかっている光景なんて、想像ができない。

桜子が読み終わるのを待っていたかのように、ダイニングテーブルから菊枝が声をかけてきた。

「ずいぶん、熱心に読んでるんやね」

そういう菊枝だって、紅茶をお供に、なにかの本を手にしている。

興味を引かれて行ってみると、テーブルの上に置いてあったのは本ではなく、桜の模様が入った古い日記帳だ。A5サイズほどの大きさで、右綴じなのは縦書きタイプだからだろう。

祖母のものにしては、あまりにも古びている。誰の日記帳だろう。見てもいいよ、というように菊枝が頷いたので、隣に座ってそっと開いてみる。

桜の小枝が押し花にして挟んであり、『櫻のおもひで』とタイトルが書いてあった。

「これ、なに？」

「わたしのおばあちゃんが書いた、そやね、あなたの、ひいひいおばあちゃんにあたる、武田ゆいの日記なんよ」

「たけだ、ゆい」

どこかで聞いたような名前……って、ソローキンが出した手紙の相手じゃない⁉　倉田さんが言っていた、検閲にひっかかったというあの謎の手紙。

驚きのあまり言葉を失っている桜子に、菊枝は静かに続けた。

「彼女は、ソローキンたちが松山に来たとき、その場所におったんよ」

菊枝は、桜子が読んでいる本が収容所の捕虜記と知って、どこかに大切にしまっておいたこの日記を取り出してきたらしい。

――こんな偶然ってあるの？

ドキドキしながらページをめくると、日焼けしたモノクロ写真が一枚、間に挟まっていた。

満開の桜の樹の下に、着物姿の、若い女性が立っている。

またしても桜子の心臓が跳ね上がった。この顔って――。

「あなたは、ゆいばあちゃんの生まれ変わりじゃね……」

菊枝が言った。

なんと、桜子はゆいに生き写しなのだ！

血脈ってすごい。百年を一気に飛び越えてつながっちゃった。

菊枝も、桜子の母親も、フランス人形みたいに肌が白くて目鼻立ちがはっきりしている。純日本風の顔立ちの桜子は、わたしって父親似なのかなぁ、あんまりお父さんには似てないと思うんだけど……と、それこそ思春期には複雑な心境になったものだから、なんだか嬉しい。

本当に瓜二つだけれど、よくよく写真を見ていると、ちょっとした差異に気づく。意志の強そうな眉とか、どこか寂しげな憂いのある瞳とか。

――はじめまして、ひいひいおばあちゃん。いえ、ゆいさん。わたし、あなたの子孫の桜子です。

桜子は写真に向かって、心の中で語りかけた。

あなたはなにを考え、喜び、怒り、悲しみ、どんな人生を送ったのですか。

そのすべてが、この日記の中にある。

胸の高鳴りを覚えながら、桜子は自分の高祖母にあたる『武田ゆい』の日記を読みはじめた。

第　3　章

Глава 03

鏡の中に、真新しい白衣を身につけた若い娘が映っている。

埃を払い、角度を変えて全身を映し点検した。うん、いいんじゃない。

――はじめまして、看護婦の武田ゆいさん。

ゆいは満足そうににっこり笑った。

通りに面した店のほうから、職人たちが忙しく働いている気配がする。母のタケは商品の管理、父の勇吉(ゆうきち)はいつものように、帳簿台に座ってそろばんを弾いているだろう。

店の屋号は『武田蝋燭』。ゆいの家は三代続く和蝋燭屋、江戸時代から伝わる「清浄生掛」という伝統技法を受け継ぎ、一本一本、職人がすべてその手で丹精込めて作っている。

支度を終えたゆいは、風呂敷包みを抱えて部屋を出た。

勇吉に見咎(みとが)められるのは必至だったが、外へ出るには、店を通り抜けるしかない。

「ゆい！　なんだその格好は！」

案の定、勇吉が目を吊り上げた。言い逃れできるはずもなく、こわごわ報告する。

「……篤志看護婦に志願したんよ」

「なんじゃと？」

帳簿台を立ち上がった勇吉が、あいたたたと膝を押さえる。転びそうになったのを、タケが慌てて受け止めた。

篤志看護婦は日本赤十字社が十五年ほど前に設けた制度で、包帯交換、包帯やガーゼの準備、手術の介添えなど、医官の補助がおもな仕事だ。

「ロシアの捕虜がぎょうさん松山に来とるけん、医者も看護婦も足らんのよ」

タケがゆいをかばってくれる。だが、そんな理由で納得する勇吉ではない。どうせ頭ごなしに反対されると思ったから、今日の今日まで内緒にしていたのだ。

「おまえはもう、働かんでええんじゃ」

「え？」

ゆいは戸惑った。もともと娘が職業婦人になることにいい顔をしなかった勇吉だが、働かなくていい……とは、どういう意味だろう。

と、居間の奥から、長兄の健一郎がふらふらと出てきた。不精髭を生やし、左手には半分空になった酒の一升瓶を持ち、そして……松葉杖をついている。

「おまえの結婚が決まったんよ」

陰鬱な目をした兄の右脚は、大腿部から下が無かった。

「ゆい、おめでとう。お相手は銀行員なんよ。将来が約束されとるお方なんよ」

タケは手放しの喜びようだが、結婚という一生の大事を、ゆい本人はなにも聞かされていない。

「お母さん！」

嫌よ、結婚なんて。目で訴えるけれど、いつもゆいの味方になってくれる母親も、今回は嬉しそうに頷くばかりだ。

「蝋燭は電気に変わりつつあるけん、言うほど売れん。しかし、代々続いたこの店を、わしの代で潰すわけにはいかんじゃろ！」

勇吉の語気は荒く、ゆいはなにも言えなくなる。それに、ゆいももう二十四歳。適齢期はとうに過ぎて、高等女学校時代の友だちも、ほとんどがお嫁に行ってしまった。

「ゆい、結婚したら、お金を貸してもくれるんよ」

なだめすかすようなタケの言い方に、腹が立ってきた。けっきょく、家のために人身御供（ひとみごくう）になれということではないか。

「勝手に決めんとって」

小声で言い返し、玄関口へ向かう。

「……せめて、健二がおってくれたら……」

タケの悲痛なつぶやきを聞いた健一郎が、凄い形相になった。思わず失った右足を踏み出そうとして、前のめりに転倒する。

健二。戦死した弟の名前は、ゆいの胸をいとも簡単に引き裂く。

上半身を起こした健一郎は、うううううう……と獣じみた唸り声をあげた。

「アムール号め！　クソッタレ！　兄弟でおんなじ船にやられるじゃなんて」

失くした脚の付け根を、拳で何度も何度も叩きつける。

「軍人失格じゃ。人間失格じゃ！」

目を背けたいのに、ゆいの足は止まったまま、動くことができない。

短気なところはあるけれど、人一倍責任感が強かった兄。頑健で、風邪ひとつひいたことのないのが自慢だった兄。しかし負傷して除隊した健一郎は、まるで人が変わってしまった。

酒浸りになっている兄に両親がなにも言わないのは、体も心もズタズタになった息子の苦しみをわかっているからだ。

畳に転がった一升瓶から、涙のように酒が流れ出ていく。

「健二は死に、健一郎はこの体じゃ……戦争がみんな持ってってったと思うたが……地獄に仏とは、あったもんじゃな」

言い聞かせるように、勇吉がゆいを見つめてくる。その目にどこかすがるような色があり、ゆいは居たたまれなくなって店を飛び出した。


——ああ、よかった。

応急処置の救急道具が入った木箱を腕に提げたゆいは、ほっと胸を撫で下ろした。

高浜に到着したロシア兵捕虜と警官の間でひと悶着起きそうになり、どうなることかとひやひやしたけれど、ロシアの将校さんが軍刀を預けることで場が収まったようだ。

いま横を通り過ぎていった立派なカイゼル髭の軍人さんが、収容所の所長らしい。

坊ちゃん列車に乗り込む前に、医官と日本赤十字社の看護婦たちが、砂浜に寝かされたり腰をおろしたりしているロシア兵捕虜たちの手当てに回りはじめた。

出迎えに集まった人々は好奇心を織り交ぜつつ、遠巻きにその様子を見ている。松山では、捕虜を敵視したり敵国を侮ったりしないよう子どもたちに教育がされ、市民には祖国のために勇敢に戦った兵士を温かく迎えるようお達しがあったため、人々の視線はおしなべて好意的だ。中には平気で捕虜に近づき、みかんを配っている若い娘もいる。

興居島（ごごしま）と四十島（しじゅうしま）の島影が、今日はけざやかに浮きあがって見える。

新米のゆいは、ロシア人看護婦のソフィアに伴われて、流木に座っているふたりの若い将校の元にやってきた。ひとりは頭に包帯を巻き、ひとりはみかんを食べている。

ふたりはソフィアを見て、なぜロシア人女性がこんなところにいるのか不可解そうにしている。ロシア語が話せれば説明してあげられるのだけれど……。

彼女は松山に捕虜として送られたロシア軍将校の妻で、負傷した夫を看病するため、はるばるロシアからヨーロッパ経由で日本にやってきたのだった。

「ゆいさん、この人の包帯を替えてあげてください」

ソフィアの流ちょうな日本語の指示に、はい、と従う。彼女は若い頃、横浜に住んでいたことがあるらしい。

ゆいは、怪我をしている将校の前にひざまずいた。汚れた頭の包帯を外し、血のついたガーゼを取る。よかった、それほど深い傷ではなさそうだ。

ふと目線をさげると、すぐ目の前に将校の顔があった。

――わあ、真っ青な瞳。

思わず見とれてしまった。顔は黒く汚れているが、ゆいを見ているその目は、吸い込まれそうなほど見事なブルーだ。そう、海の中から見上げた、太陽に透かされた海の色……。

「傷は痛くないですか?」

英語はわかるだろうか。新しいガーゼで傷を消毒しながら訊ねる。

「大丈夫……あなたは英語がお上手ですね」

正しいアクセントのイギリス英語で褒められて、ゆいは微笑んだ。

「戦争が始まる前は、英語の教師をしていました」

「どうりで」

彼女が微笑むと、まるで可憐な花が咲いたようだ。蒼い目の将校――ソローキンも、知らず知らず笑顔になる。

「ほかの人と制服が違いますね」

英語で会話できる気安さから、深く考えもせず、ふと気づいたことをゆいは訊ねた。

「海軍ですから。戦艦アムールに乗っていました」

ソローキンも、素直にありのままを答えた。

しかし次の瞬間、ゆいの顔から微笑が消え、まるで彫像のように強ばった。

「……？」

端正な顔にけげんそうな色が浮かぶ。その顔を、ゆいはまじまじと見つめた。

戦艦アムール。この人は、弟を殺した敵艦の将校——。

その生々しさに耐えきれなくなったゆいは、立ち上がって波打ち際に逃げ出した。

頭ではわかっている。お互いが、自国のために命をかけて戦った。もしかしたら、死んでいたのは、この蒼い目の将校のほうだったかもしれない。彼にも祖国に愛する家族がいるだろう。そう、頭ではわかっているのだけれど、心がついていかないのだ。

ゆいの背中が小刻みに震えているのを見て、ソローキンは戸惑った。いまのいままで微笑んでいたのに、急にどうしたというんだ？　あの美しい黒曜石の瞳の中に浮かんだ、深い悲しみの色は——。

涙が止まらぬようで、小さく嗚咽(おえつ)が聞こえてくる。

「どうした？　なんで彼女は泣いている？」

みかんを食べ終えたアレクセイが訊いてきた。

「わからない」

そのとき、群衆の中から誰かが飛び出してきた。

「おい！　おまえら捕虜になってまで生きたいんか！」

「俺らが殺しちゃる！」

まだ顔にあどけなさの残る若者たちである。ふたりの過激な言葉に触発されたのか、「そうじゃ！」と群衆の中にいた若者が同調の声を張り上げた。

「あんたら、やめんかね！」

ゆいは思わず若者たちを一喝した。戦地で家族を失くした恨み……というわけではなさそうで、ただ戦争という熱に浮かされて息巻いているという感じだ。

「おまえら、やめんか！」

人々が彼らを取り押さえて、向こうへ引っぱっていった。

ロシア兵捕虜に言葉の意味はわからないが、悪意を投げつけられたことはわかった様子だった。同じ日本人として申し訳なく思いながら、ゆいはソローキンの手当てに戻った。

「本当にごめんなさい」

笑顔にはなれなかったが、新しい包帯を巻き終えると、蒼い目の将校に謝った。

「体調が悪くなったら、病院に来てください」

なんと答えていいかわからないソローキンを残し、ゆいは立ち去った。


蝋燭の優しい炎が、亡き人が語りかけるようにゆらゆらと揺れている。

ゆいは部屋の文机にもたれ、もう写真立ての中でしか会えない弟を見つめていた。

「お姉ちゃん。行ってこうわい」

出征する日の朝、家の前で健二は言った。大日本帝国海軍の立派な軍帽が、なんだか居心地悪そうに弟の頭にのっているのがおかしかった。

ゆいは、笑いながら水兵服のネクタイを直してやった。まさか、この瞬間が弟との永遠の別れになろうとは夢にも思わない。

けれど、健二にはなにか予感があったのだろうか。なんとも言えない表情で姉を見ると、思い切るように頷いて、戦地へ旅立っていった。

ふたつ年下の健二はもう、写真のまま歳をとることはない。

兄の健一郎と違って、小さい頃はしょっちゅう熱を出して寝込むような子だった。痩せっぽちで、争いごとを好まない、おとなしい子だった。両親は商売が忙しく、幼いながら健二の親代わりだったゆいは、歳の近いこの弟が可愛くてしかたがなかった。

将来は絵描きになりたいと、目を輝かせながらこっそり教えてくれた弟。

桃の節句に食べるしょうゆ餅が大好物で、健一郎から「お雛様」とからかわれていた弟。

南海座（なんかいざ）の櫓（やぐら）から太鼓が鳴り響く日は、いつもふたりで芝居を観にいった……。

健二の出征写真を手に持ったまま、ゆいは虚ろな目をして机に伏せた。

あゝをとうとよ、君を泣く
君死にたまふことなかれ

雑誌『明星』に掲載された女流歌人・与謝野晶子の反戦歌が、口をついて出てくる。晶子の弟もまた召集され、旅順口包囲軍に加わっているという。

末に生れし君なれば

親のなさけはまさりしも
親は刃(やいば)をにぎらせて
人を殺せとをしへしや
人を殺して死ねよとて
二十四までをそだてしや

……君死にたまふことなかれ。

何百回何千回何万回願っても、健二が生き返ることはない。そして、ゆいの心にぽっかり空いた空洞も永久に埋まることはない。

ゆいの目から涙が滴り落ち、それはやがて激しい嗚咽に変わった。

＊

「戦争の敵を受け入れるいうことは、なかなかできることじゃないね……」

菊枝が、遠くを見るような目で言った。

それでも祖母は、故郷に帰る日を願いながら異国の地で亡くなった九十八人の捕虜たちのために、墓地の掃除をし、新しい花を供え、その死を悼んでいる。

桜子は、途中まで読んだゆいの日記をそっと閉じた。

今日は一日、驚くことばかりで、なかなか頭の整理がつかない。でも、ひとつだけはっきりしていることがある。

「ゆいの日記と、ソローキンの日記か……運命やね」

ふふっと笑う。うん、がぜん興味が湧いてきた！

「日……記？」

菊枝が、小首をかしげた。

——そっか、ソローキンの日記のことは、まだおばあちゃんに話してなかったっけ。

自分の手柄でもないのに、桜子はちょっと自慢そうに言った。

「ロシアで見つかって、取材に行くんよ」

すると菊枝は大きく目を見開き、震える声で言った。

「生きて……ロシアまで行けたんじゃね」

胸の前で手を組み、喜色を顔いっぱいに浮かべている。今度は、桜子が首をかしげる番だ。

「おばあちゃん……ソローキンのこと、知っとるん？」

菊枝は一九四七年生まれで、ソローキンはそのとき、えーっと七十歳くらいか。年の差は祖父と孫ほどあるけれど、どこかで会ったことがあったとしてもおかしくない。

が、桜子の予想をあっさり裏切って、菊枝は首を横に振った。

「ゆいばあちゃんとお母さんがね、ずっと会いたがっとったんよ……」

はぁーっ……菊枝が感慨深そうなため息を吐く。

ゆいさんとソローキンの間に、いったいなにがあったんだろう。その答えは、きっとこの桜模様の古い日記帳の中にある。

知りたい。もっとふたりのこと。ううん、そうしなければいけない——なぜかそんな気持ちに衝き動かされて、桜子はまた、ゆいの日記を開いた。

第 4 章

Глава 04

日本赤十字の船や輸送船は毎日のように沖に現れて、高浜の桟橋にロシア兵捕虜たちを降ろしていく。

捕虜は増加する一方で、それに伴い収容所も増えていった。しかし、捕虜があちこち分散しているのは、いろいろと不便である。そこで、おもに傷病兵を収容するため、松山城の北にある城北練兵場にバラックと呼ばれる仮設病院が新たに建設された。

木造藁ぶきの六棟の病棟に収容された捕虜たちは、天気のいい日は外に出てくつろいだ。夏の到来を感じさせる陽射しを浴びながら、談笑したりトランプをしたり、のんびり昼寝をしている者もいる。

一方、いちばん北の棟には、傷ついた多くのロシア兵がベッドに横になっていた。

腕や脚の無い者。骨折して動けない者。全身包帯で巻かれている者。傷は癒えたがリハビリ中の者。患者の症状はさまざまで、ここでは簡単な手術も行われた。

「アアア――――！」

悲鳴をあげて暴れる熊のような体躯の戦傷兵を、大きな看護帽をかぶった小柄な日本人の看護婦がふたりがかりで押さえつけている。

「こら、動くな！」

医官がようやく体内から弾丸の破片を取り出した。

その向かいでは、快復に向かっている兵士に、若い看護婦がロシア語で語りかけている。

「ハラショー（大丈夫ですよ）」

「本当に？」

ロシア正教の信心深い兵士たちの枕元には、横の棒が二本多い八端十字架やイコンが置いてある。日本人看護婦たちの献身と優しさは、祈り同様に負傷兵たちの心を慰めた。

ゆいもまた、篤志看護婦として毎日この病棟に通っていた。

負傷兵だけでなく、具合の悪くなった捕虜たちがひっきりなしにやってきて、毎日が目の回るような忙しさだ。

「なんだ、この臭いは？」

腹痛を訴えてきた将校が、ゆいの渡した薬の匂いに顔をしかめた。

「正露丸です。すごく効きますよ」

「正露丸？　どういう意味だ？」

英語でやりとりしていると、汚れた洗濯物を抱えた竹場（たけば）ナカという看護婦が、通りすがりに達者なロシア語で言った。

「ロシアを正すって意味よ」

露を正す——正露丸。なるほど、うまいことを言う。ゆいはちょっと笑ってしまった。

外の洗濯場から病舎に戻ったナカは、目に包帯を巻いた陸軍少尉のところへまっすぐ歩いていった。

「ミハエル、ひまわりの花よ。あなたに見せたくて持ってきたの」

ミハエルの手を取り、そっとその花びらに触れさせる。ひまわりはロシアの国花。故郷のよすがになればと、洗濯場のそばに咲いていたのを手折ってきたのだ。

「黄色い花びらがきれいだ」

「見えるの！」

「あなたの心と通じ合っているから……」

負傷兵と看護婦とはいえ、若い男女である。ミハエルとナカのように、敵国人同士という大きな壁を越え、いつしか愛し合うようになる者たちもいた。

一方、ソフィアの手伝いをしていたゆいは、ベッドで高熱にうなされている患者の顔にハッとして動きを止めた。

高浜の海岸で手当てをした、海軍少尉だ——戦艦アムールの。

「ゆいさん。代わってもらってもいいですか？」

「あ、はい」

「お願いします」

ベッドを離れたソフィアへ、ソローキンに付き添ってきたアレクセイが話しかけてきた。

「ソフィアさん。彼の容体は？」

食事中に昏倒したというソローキンの体に触れてみると、やけどしそうなほどの高熱を発していた。頭をぶつけて治りかけていた以前の傷が開き、なにがしかの感染症を起こしたというのが医官の診断だ。

「まだ予断は許さないけど、とりあえず破傷風にはかかってないわ」

アレクセイはホッと胸を撫で下ろした。破傷風は、戦場で発症したらまず助かる望みのない病気だ。何年か前に日本の医学者が破傷風の血清療法を開発したらしいが、予防や治療法は、列強の国ですらまだ整備されていない。

ベッドのほうへ目を走らせると、若くて美しい看護婦が、ソローキンの額に浮かぶ汗を丁寧に拭ってやっている。

「彼女は、海岸にいた子だろう」

「そうよ」

「なぜ泣いていた?」

小声で訊くと、ソフィアは急に真顔をアレクセイに向けた。

「彼女の弟は戦死、兄は片脚切断。ソローキンの戦艦の機雷でね」

ソフィアもつい声を潜めたが、ふたりの会話はロシア語なので、ゆいには理解できないはずだ。

「ここにいる看護婦の中には、身内を亡くした人がいる。もしもあなたなら、敵を許せる?」

夫の看病をしながら赤十字社を手伝ううち、ソフィアは敵国の負傷兵にも分け隔てなく尽くす日本人看護婦たちに敬意と感動を覚えていた。彼女たちの仕事は、看病だけに止まらない。マッサージをしたり掃除をしたり包帯やシーツを洗ったり、時には汚れた負傷兵の下着や衣類まで洗濯してやる。それこそ座る間もない。患者のわがままにも忍耐強く、常に笑顔を絶やさず慈母の思いやりを持って接している。看護婦たちの自己犠牲的な姿に、ソフィアは日々頭の下がる思いだった。

そんな病舎の光景を目の当たりにしていたアレクセイは、ソフィアの問いかけに返す言葉がなかった。

ソローキン少尉。それが、この人の名前……。

深夜になっても、ゆいはまだバラック病院にいた。ソローキンの熱がいっこうに下がらず、ソフィアの代わりに、ゆいが看病を申し出たのだ。

ソフィアは素晴らしい女性だ。彼女の夫も負傷しているのに、一生懸命、ほかのロシア兵捕虜たちの世話をしている。いつ故国に帰れるともしれない敵国での捕虜生活、それも怪我や病に伏せっている兵たちにとって、ロシア語を話す母国の女性がいることは、どれほど心の支えになっていることだろう。

夜間、患者のベッドは薄いカーテン一枚で仕切られ、時おり咳き込んだり、痛みに呻く声が聞こえてくるほかは、見回りの衛兵の靴音が響くのみだ。

ソローキンは汗をびっしょりかいて、苦しそうに息をしている。ゆいは何度も汗を拭い、濡らした手拭いを額の上にのせた。

この熱さえ引けばいいのだけれど……。

椅子の背にもたれると、急に眠気が襲ってきた。開け放った窓から、湿り気を含んだ夜風が入ってきて、カーテンを揺らす。油断すると、まぶたが落ちそうになる。今日も一日、猫の手を借りたいほどの忙しさだったから……。


突然、目の前に出征の日の健二が現れた。

よかった、いまならまだ間に合う！

「お姉ちゃん。行ってこうわい」

——健二。行ったらいかん。行ったらいかん。

必死に叫ぼうとするけれど、声にならない。

次の瞬間、健二は嵐の海の中で溺れかけていた。船が燃えているのか、海面は炎の光で赤く染まっている。

——誰か助けて！　あの子は泳ぎが得意じゃないけん。

すると、水面を誰かが歩いてきた。

——ソローキン少尉……⁉

足元で溺れかけている健二を冷酷な眼差しで見下ろすと、ソローキンはおもむろに銃口を向けた。

——やめて！　殺さんで！　わたしの大事な弟なんよ‼

しかし、銃声は無情にも轟いて——。


その瞬間、ゆいはハッと目を覚ました。いつの間にか、ベッドに突っ伏してうたた寝をしていたらしい。外は雷が鳴り、激しい雨が降っていた。ここ松山では、めったにない土砂降りの雨だった。

だから、あんな夢を見てしまったのか……。

見ると、ソローキンは熱が下がったらしく、穏やかな寝息を立てている。

ゆいはぎゅっと布団を握りしめた。

――健二は、いまも暗く冷たい海底で眠っているというのに。

あとから思えば、正気を失っていたとしか思えない。ゆいは夢遊病者のように立ち上がり、ソローキンの首元に手を伸ばした。

あなたも、死ねばいい。

震える指先が喉に触れる寸前、ゆいは驚いたように手を引っ込めた。

……わたしは、なんてことを。

全力疾走したあとのように呼吸が乱れた。自分のしようとしていたことが恐ろしくなって、椅子にへたり込む。これでは、海岸で捕虜を殺してやると叫んでいた、あの若者たちと同じではないか。

看護婦失格だ。仮にも人命を助ける手伝いをしているくせに……。

ゆいはソローキンの額からタオルを外し、温(ぬる)い水の入った桶を抱えて立ち上がった。

水場の屋根に落ちる雨の音が、嗚咽を消してくれる。

愚かなゆい。あの人を殺したって、健二が戻ってくるわけじゃない。

そう言い聞かせても、最愛の弟を失った悲しみが、直接その死にかかわった敵将校が実体となって現れたことによって、怒涛のように押し寄せてくる。

そのとき、病棟の入り口で物音がした。ビクッとして顔をあげると、いつ目を覚ましたのか、ソローキンがふらふらしながらこちらにやってくる。

「大丈夫ですか?」

心配そうに、英語で声をかけてきた。

——あっちへ行って。わたしはいま、あなたと話す気分じゃないの。

「なんでもありません。あなたはまだ寝ていなければいけませんよ」

ゆいは手の甲で涙を拭い、後ろめたさもあってつっけんどんに言った。

しかしソローキンはゆいを見つめたまま、いっこうに戻ろうとしない。その気遣うような蒼い瞳から、ゆいは先に目を逸らしてしまった。

「なぜ、泣いているのですか?」

背を向けたゆいに、ソローキンが問う。

——それを、あなたが訊くの? カッとなったゆいは頬の涙を拭いて向き直ると、ソローキンを睨みつけた。

「あなたには、兄弟か姉妹がいますか?」

「……はい。ペテルブルグに妹がいます」

質問の意図をはかりかねているらしいソローキンに、涙をいっぱい溜めた目で言い放つ。

「戦争でわたしがあなたの妹を殺したら、あなたはわたしを許してくれますか？」

痛烈な皮肉。なんて嫌な女だろう。ソローキンが息を呑んだのがわかった。

「……意地悪な質問でした。本当に悪いのはわたしです。頭ではわかっているのに……」

堪えようとしても、涙を止められない。そんなゆいに、ソローキンが近づいてきた。

「ごめんなさい」

「謝らないでください。あなたも、弟も、国のために戦った。どちらが悪いわけではありません」

我慢できずに嗚咽が漏れる。とっさに口を手で覆ったゆいの肩に、ソローキンが後ろからそっと両手を添えた。

「落ち着いて……」

こんなところを衛兵に見つかったら大変だ。身をよじって離れようとするけれど、ソローキンはゆいのそばから去ろうとしない。

しゃくりあげそうになったゆいを、ソローキンが背中を包むように優しく抱きしめた。

そしてゆいの耳元に口を寄せ、ロシア語でなにか囁く。

きっと一生懸命、慰めようとしてくれているのだろう。

——酷いことを言ったのに……。

まるで音楽の調べのようなその声を聞きながら、ゆいは不思議な安堵感に包まれていた。


朝になると嘘のように雨はあがっていて、ソローキンの熱もすっかりさがっていた。

ベッドから半身を起こしたソローキンは、足元のほうに寄りかかって眠っているゆいの寝顔を、もう長いこと見つめていた。

泣き腫らした目の周りが、少し赤くなっている。刺すように胸が痛んだ。

なんという運命の巡り合わせだろうか。彼女の兄か弟の命を奪ったのが、自分の艦だったとは——。

手を伸ばし、顔にかかった髪をそっとかき上げてやる。

「ん……」

ゆっくりとまぶたが開いて、黒曜石が朝陽に輝いた。

「ごめんなさい。起こしてしまいましたか?」

ソローキンが謝ると、ゆいは身を起こして気まずそうに目を逸らした。

「昨夜は、すみませんでした」

「気にしないで」

それ以上言う必要はないと、ソローキンはゆいの口に「シー」と人さし指を当てた。

すでに仕切りのカーテンは開け放たれていて、ゆいは人目を気にするように周囲を見回した。心なしか、頬が赤い。

彼女の美しさは、外見だけじゃない。愛情深く、純粋で、慎ましいけれど芯が強い。こんな女性には、いままで出会ったことがない。

「体調はどうですか?」

身支度を整えながら、ゆいが生真面目に訊ねてきた。

「すっかりよくなりました。本当にありがとう。あなたのおかげです」

「看護婦ですから。当然のことをしたまでです」

そっけなく答え、昨夜のことはなかったかのように振る舞う。わざと距離を置かれたことが、うぶな少年のようにショックだった。

怪我が治ったら、ゆいのいるこの病院を出て、ソローキンはまた大林寺に戻らなくてはならない。

もう、ゆいさんには会えないのか？　なにか、彼女と繋がりを持っていたい。

「英語の教師はもう辞めましたか？」

話の接ぎ穂になればと、訊いてみた。

「週に二回、教師をしています」

そうだ――！　いいことを思いついた。

「教えてもらえませんか？」

すると、ゆいは不思議そうに訊き返してきた。

「英語をですか？」

ゆいの勘違いに、ソローキンはくすっとした。

「違います。日本語です。代わりにロシア語を教えます。どうですか」

「それは素敵ですね」

ゆいが笑顔になる。野原に咲く白いロマーシカ――カモミールの花のように汚れなく、ずっと眺めていたいほど愛くるしい。

「美しい笑顔だ」

もとより、ソローキンはお世辞など言える性格ではない。心からの賛美を口にすると、ゆいはちょっとびっくりしたように目を見開いたあと、はにかんだように微笑んだ。


生まれて初めて、無断で外泊をしてしまった。

でも仕事だし、もう大人だし……心の中で言い訳しながら、ゆいはなるべく音を立てないように、そろそろと店の戸を開けた。

上がり框に座って朝から酒を呷っている健一郎と目が合った。ゆいを横目で睨み、ますます不精髭が伸びた顎で居間のほうをしゃくる。

勇吉がちゃぶ台につき、スパスパ煙草を吹かしていた。あまり飲めないくせに、台の上にはとっくりが二本。一晩中、寝ないでゆいを待っていたらしい。

はぁ……憂鬱なため息が出る。このまま回れ右して逃げ出したいけれど、しかたがない。中に入ったが、挨拶もせず足早に店を通り抜け、自室に向かう。気づいた勇吉が急いで煙草を揉み消し、すっ飛んできた。

「おまえ！　夕べはどこにおったんじゃ！」

鼓膜が破れんばかりの、特大の雷が落ちる。

「……病院で、看病していました」

首を縮こめて答えるゆいに、

「ロシア兵なんか放っておけ！　さっさと殺せ!!」

横から健一郎が、酒臭い息でわめき散らした。

――健一郎兄さんは、なにも知らないくせに。ふだんなら恐ろしくて口をつぐんでしまうのだけれど、今朝のゆいは、黙っていなかった。

「彼らだって、国のために戦ったんよ」

ひるみながらも、きっぱり言い返した。

「なんじゃと……女が俺に口ごたえするか！」

逆上した健一郎が、松葉杖をゆいに投げつけようとする。気の短いところはあったが、暴力を振るうような兄ではなかったのに。

「やめなさい！」

タケが慌てて松葉杖をつかみ、健一郎と揉み合いになる。その隙に部屋へ行こうとしたら、先回りした勇吉が両手を広げて立ちはだかった。

「おまえ、この間の結婚話覚えとるか？　先方が会いたいと言うとるんじゃ。いつ会えるんだ？」

「負傷兵が次から次に運ばれてくるので忙しいんです」

「ロシア兵とこの店と、どっちが大事なんだ⁉」

もう嫌。きびすを返すと、今度はタケが通せんぼをする。

「ゆい！　お父さんが決めた人と結婚せんといかん！」

つかまれた腕を振り払って居間へ逃げようとしたら、健一郎の松葉づえに前を塞がれた。

三方を囲まれ、もう逃げ道はない。

ゆいは泣きたい気持ちで、その場に立ち尽くした。


いつの間にか、中天に満月がかかっていた。

いま何時だろうか。けっきょく今日は外出を許されず、仕事を休んでしまった。

ゆいは暗い部屋でひとり、ぼんやりと座り込んでいた。食欲もないし、白衣を着替える元気もない。

写真立ての中の健二が、心配そうにゆいを見ている。
――健二。お姉ちゃんは、どうしたらいいいん……。
体よりも心が、疲れ切っていた。

第 5 章

Глава 05

境内のどこかで、コオロギが鳴いている。

捕虜たちが寝静まった深夜、衛兵の叫び声が静寂を切り裂いた。

「脱走兵じゃーーーっ！　あっちへ逃げたぞーーーっ！」

布団に入っていたソローキンたちは、いっせいに目を覚ました。

「どうした？」

何事かと、ミルスキーとアレクセイが起き上がって窓辺に寄っていく。

「また逃げてやがる」

ミルスキーが言った。夜陰に乗じて、誰かが逃亡を企てたらしい。

希望のない、窮屈な捕虜生活。ホームシックやストレスでおかしくなる者もいる。まだ一度も成功した者はいないが、自由を求めて脱走する捕虜は後を絶たない。

ソローキンはまた横になり、じっと闇を見つめた。

とはいえ、まるきり無味乾燥な毎日というわけでもない。制限の厳しい兵卒はともかく、将校たちは監視付きではあるが、市内に出かけて散策や買い物をすることができた。収容所内では、官給の食事に飽きた裕福な将校たちがコックを雇って好みの料理を作らせ、ウイスキーやブランデーを傾ける。所持品の多い将校は、家具や装飾品を買い入れて室内を整えたりもした。

囚われの身の上を慮(おもんぱか)って、海水浴、遠足など遊興や慰安も配慮された。ロシアでは温泉が珍しいこともあってか、さまざまな効能のある道後温泉は捕虜たちに人気があった。

将校たちは本館の高級な霊(たま)の湯を貸し切って、憩いの時間を過ごす。大理石張りの風呂は、湯が絶えずざあざあと湧き出ており、清潔なうえ肌に優しくなめらかだ。

「あいつら、漁船に乗ろうとして捕まったらしい」

アレクセイのいう「あいつら」とは、四日前の夜に囲いを乗り越えて脱走した、将校と下士卒たちのことだ。

さすがに浴室の中までは衛兵たちも入ってこず、湯に浸かりながらゆっくり話ができる。

「松山を出ても、四国は海に囲まれ逃げられない」

声音に苦渋と諦めをにじませて、ミルスキーが天井を仰いだ。

で済む。

「ほかの国だと脱走は射殺だ」

ボイスマンが言った。日本では、捕まっても営倉か、悪くても刑務所に入れられるだけで済む。

「脱走する気じゃないだろうな」

その視線は、ミルスキーに向けられている。

「正直言って、俺は限界です。こんなぬるま湯で我慢している。皇帝陛下に申し訳が立ちません！」

過去の歴史において、これほど捕虜が優遇された例はおそらくほかにないだろう。だが、君国に忠誠を誓ったミルスキーのような士官にとっては、むしろ屈辱に感じて耐えがたかった。ロシアに帰国したとき、ツァーリに合わせる顔がない。

なによりも軍人として忸怩(じくじ)たらざるを得ないのは、我が身を戦場に置けないことだ。

日本軍は現地に満州軍総司令部を設置し、大本営から大山巌(おおやまいわお)元帥と児玉源太郎(こだまげんたろう)大将がそれぞれ司令官と総参謀長に着任した。

そして去る八月十九日、ついに乃木大将率いる日本軍の旅順総攻撃が始まった。堅固なロシア軍要塞が簡単に陥落するとは思えないが、日本兵は凄まじい肉弾戦を繰り広げているという。ウラジオストクへ脱出を試みた旅順港の太平洋艦隊は、黄海海戦で大打撃を受けたらしい。ニコライ二世が日本近海へ派遣すると発表したバルチック艦隊はどうなっている？

ロシア語とフランス語の新聞は許されておらず、詳しい戦況を知る術のない捕虜の身では、切歯扼腕（せっしやくわん）するしかできない。

「ぬるま湯みたいなところでも、祖国のためにやるべきことはある」

ふだん寡黙なソローキンが、おもむろに口を開いた。

「どうやって？　なにもできないだろ？」とアレクセイ。

「この戦争を冷静に分析する必要がある。日本でないと手に入らない情報があるだろ？」

「……まずは生き残れ」

ボイスマンの深い眼差しが、ソローキンに向けられる。

「それが祖国のためになる」

何百人もの部下を失い、愛艦を自爆して投降した。そんな上官の言葉は重く、青年将校たちはしんと黙り込んだ。

風呂からあがると、将校たちは浴衣を着て休憩所でくつろいだ。

ソローキンは、温泉も浴衣も初めてだ。帯の締め方がわからずにもたもたしていると、気づいた仲居さんが「ちょっと待って」と笑いながらやってきた。

「どうやっていいか……」

途方に暮れたようなソローキンから、てきぱきと緩んだ帯を外す。

「日本の女性はよく働き、尽くしてくれる。唯一、日本の良いところだ」

壁に寄りかかって片膝を立てたボイスマンが、笑い皺を作って言った。皮肉たっぷりのユーモアに、アレクセイたちもふふと笑う。

「よし、と」

「アリガトウゴザイマス」

帯を締め直してくれた仲居さんに、ソローキンはゆいに教えてもらった日本語で礼を言った。

「どうぞー」

ビールが運ばれてきて、皆、瓶に直接口をつけてゴクゴクと渇いた喉を潤す。

「そう言えば、ミハエルはナカさんと結婚するらしい」

アレクセイが噂を口にすると、うまそうにビールを飲んでいたミルスキーが、んん、と指を振った。

「日本人は親が結婚を決めるそうだ。自由に恋愛はできない」

「そんなの関係ないだろ……」

封建的な日本の風習に驚きながら、アレクセイはチラッとソローキンを見やった。


バラック病院では、看護婦たちが外の水場で大量の洗濯物をこなしていた。

この頃には、伝染病病棟を含む病棟が倍に増設されて、多いときは千人近い患者が収容されることもある。日本赤十字社に各地から派遣された救護班の看護婦たちは市内の宿舎に住み、二交代制で昼夜を分かたず献身的に働き続けていた。

この日、ゆいはナカと一緒に、洗浄の終わった包帯やシーツを干していた。

「ついに、ゆいさんも結婚かー」

ナカとは同い年ということもあって、看護婦の中では一番の仲良しだ。

「……会(お)うたこともない人と結婚じゃなんて、不思議」

ゆいは次第に諦めつつあった。どれだけ気が進まなくても、家を背負わせられたら、ゆいには逃げようがない。

「わたしは、そんなの嫌」

ナカがきっぱり言い切る。

「でも、親が決めた人じゃけん……」

ナカは愛媛班の看護婦で、たしか家は宇和島のみかん農家と聞いた。

「ナカさんの家は自由なん?」

ゆいが訊くと、ナカは黙って首を振った。

「ゆいさん。これから言うこと、誰にも言わん?」

「……なに?」

「約束する?」

やけに慎重なので、ちょっと笑ってしまう。

「なに? いいよ」

するとナカは仕事の手を止め、ゆいのそばにやってきた。干したシーツが、いいあんばいにふたりを隠してくれる。それでもナカは人目を気にしながら小銭入れを取り出し、その中から、一枚の金貨を出して見せた。

「すごいねー。本物？」

ナカのてのひらから金貨をつまみ上げ、目の前に持ってきてまじまじと眺める。

刻んであるロシア語は読めないけれど、「10」という数字は通貨の単位で、「１８９８」のほうは金貨が製造された年だろう。

「本物じゃと思う？」

ナカは真剣そのものだ。

本物を見たことがないから断言はできないけれど、偽物には見えない。金貨をためつすがめつしながら「たぶん……」と答えると、ナカは嬉しそうに顔をほころばせた。

「本物じゃということは、彼の愛も本物じゃろね？」

意味がわからず、ゆいはきょとんとした。

「ミハエルがくれたんよ」

ああ、あの日を負傷していた少尉さん……。ふたりは恋仲だったのかと合点した。

金貨が、ゆいの手からナカの手に戻される。

「ふたりの名前をこれに彫って、誰にも見つからない場所に隠そうって」

宝物のように金貨を胸に抱きしめるナカを見ていると、ゆいまで嬉しくなってしまう。

「素敵じゃね。これからあんたたち、どうするん？」

するると、あれほど幸せそうに輝いていた顔がみるみる曇った。

「……わからん」

ゆいは自分の軽率さを後悔した。ふたりが愛を誓い合ったとしても、そう簡単に結ばれることのできる相手ではないのだ。

「でも、与謝野晶子も、女性は大きく羽ばたくべきだってゆうとるもんね」

自分に言い聞かせるように、ナカが言った。

「そうじゃね……」

あいまいに笑って受け流す。けれどその言葉は、親の命令に唯々諾々と従うほかないゆいの胸に深く刺さった。ナカさんは強い。その強さは、命をかけてもいいくらい、本気で愛する人がいるからなのかもしれない。

ふと、蒼い目の将校の顔が浮かぶ。

なぜソローキンさんのことなんか……。

あれから数回、彼は「日本語を学ぶため」にゆいを訪ねてきた。短い時間だし忙しくて会えないときもあったけれど、いつしかゆいも、彼と会えるのを心待ちにしていた。

万にひとつも、そんな可能性はない。でも――もしナカのような立場になったとしても、ゆいに大きく羽ばたく勇気などあるはずもなかった。


松山での捕虜生活も半年が過ぎ、日本は晩秋と呼ばれる季節に入った。

ソローキンはその日、ボイスマンと松山城の散策に出かけた。ふたりの少し後ろには、監視役の室田がついてきている。

「ロシアでは、捕虜交換の交渉をしているそうです」

老齢であるとか、もう兵役につけない体であるとか、武力行使にかかわらないことを誓うとか、その他の特殊な事情で帰国を許された兵士はいるが、いまや松山は市全体が収容収のような状態だ。

「すべての将校の解放が条件ですが……日本側が受け入れないようです」

ここ松山収容所は、交換の対象となる将校の捕虜の数が飛び抜けて多い。

ボイスマンは、本当にロシアへ還る気はないのだろうか。彼には故国に妻子がいる。足が悪いほか心臓に持病もあり、最近はあまり顔色がよくないことも心配だった。

「戦況は、なにか変化があったか？」

ボイスマンが話を変えた。

「まだ書簡が届いておらず、詳しいことはわかりません」

ここ最近、新しく入ってきた捕虜に話を訊く機会がない。ソローキンは、肩を並べて歩いていたボイスマンの前に回り込んだ。

「この戦争は、軍隊の司令や体制の弱さを露呈した。ロシアの帝政はもう限界です」

ボイスマンにはわかっていたとは思うが、祖国に対する自分の考えをこうしてはっきり口に出して伝えたのは初めてだ。

「危機が迫っています」

戦況不利によって、国民の不満は頂点に達している。いまのロシアは、いわば破裂寸前の風船だ。祖国を想うと、ソローキンは居ても立っても居られない。

「きみの自由な思想には同感できないが、ロシア国民として感情はわかる」

ボイスマンは、杖をつきながらまたゆっくり歩き出した。

「わたしはあなたを尊敬しています。だから、真実をお伝えするのです」

ボイスマンは立ち止まって、再びソローキンに向き合った。

「きみは若いから、すぐに断定してしまう。そのような問題は、慎重な見解が必要だ」

青葉一枚は春ならず――少しの兆候だけで結論を急ぐな、と言うのだ。

軽率で未熟な青年だと思われたのだろうか。向こう見ずで無分別な考えだと？　けれどソローキンには、悠長に構えていられない理由がある。

「妹のアリョーナを憶えていますか？」

「ああ。とても素敵なお嬢さんだ」

「彼女のお腹には、新しい命が宿っています。父親はデモに参加して、撃たれて死んだ」

アリョーナの不幸を語るとき、ソローキンの声は少し震えた。

世襲士族の家に生まれ、当たり前のように士官学校へ進み、父と同じ、軍人の道を歩んできた――心の中に、いつも祖国への疑問を抱えながら。

「自分の意思を主張するのは、犯罪ですか？」

国を守るべき軍隊が、なぜ民に銃を向けるのか。名状し難い憤りが全身から噴き出した。

「妹は未亡人になり、子どもは父親に会えません」

ブルジョワジーの自由主義者だった妹の夫は、ソローキンの友人でもあった。妹と三人でピクニックに出かけたり、時にはふたりで酒を飲みながら、夜を徹して議論を戦わせたこともある。生きていれば、ロシアのために必ず役立っていただろう。

そんな男の命を、たった一発の銃弾が奪った。

Двум смертям не бывать, а одной не миновать
──危険を恐れず思いきって行動に移せ。それが、やつの口癖だった。

ソローキンは決意した。祖国と正義を愛する気持ちは誰にも負けない。だからこそ、還らなければならない。

ボイスマンは黙ってソローキンを見つめ、ややあって言った。

「……わかった。きみの思想には同感できないが、批判もできない」

皇帝とロシア帝国に奉仕を誓った大佐の、最大限の譲歩だ。認めてもらえただけでも、喜ぶべきなのかもしれない。

「ソローキンさん！」

突然、陽光が射したような明るい声がした。

「ズドラストビーチェ（こんにちは）」

ゆいだ。看護婦の友人ふたりと一緒で、仕事帰りらしく風呂敷包みを抱えている。

ソローキンがそわそわし出したのを見て、ボイスマンが「行きなさい」と微苦笑を浮かべて促す。恋をしている若者は、どの国、いつの時代も変わらない。

ソローキンが顔を輝かせ、さっと敬礼してゆいの元へ小走りに駆けていく。

「ユイサン、コンニチハ」

「会えて嬉しいです」

ロシア人将校が日本語を使い、日本人看護婦が英語で話すという奇妙な会話が成立する。

ふたりの看護婦は気を利かせて、微笑ましげに笑いながら離れていった。

バラック病院は常に負傷兵で溢れ返っている。ソローキンがそうそう通うわけにもいかず、ゆいとはしばらく会えていなかったから、この偶然がことのほか嬉しい。

「頼まれていたものを持ってきました。フレンニコフ少尉はもう使わないそうです」

もらってきてほしいとゆいに頼んであった、竹の杖だ。

「アリガトウゴザイマス」

ソローキンが受け取って頭をさげると、ゆいも会釈をし、あの美しい笑顔を見せてくれた。

お互い、吸い寄せられるように目が離せない。

「ソローキン！　もう行くぞ！」

室田がイライラした様子で、ふたりの間に割って入ってきた。いつまで話しているんだ、という顔だ。すかさず看護婦たちが戻ってきて、

「あんた、わからんのかね?」

呆れながら、無粋な通訳官の腕を取って向こうへ連れていってしまった。

こんな好機はまたとない。ソローキンは、さあ行きましょう、というようにゆいを手で促した。


扇のように勾配している芸術的な石垣に沿って歩いていると、戦争ごっこをしていたらしく、紙で作った軍帽をかぶった子どもたちが向こうからやってきた。

白い海軍の軍服を着たソローキンに敬礼する。ソローキンも手に持っていた軍帽をかぶり、小さな三人の日本兵に恭しく敬礼を返した。

「松山の人たちは礼儀正しい。捕虜としては、特別な待遇を受けている」

もちろん捕虜に対して心無い行為を働く者もいるが、ほとんどの人は温和で争いを好まず、のんびりしていて人情に厚い。

「こうしてあなたと、散歩ができる」

夏の蒸し暑さと蚊には閉口したが、空を燃え尽くすかのようなロシアの夕陽とは違う、優しい淡紅色のにじむ海の夕景には、思わず涙がこぼれた。紅葉に彩られた秋の山々は絵画のようで、冬枯れの景色もまた情趣に富んで胸に沁みる。

しかしその美しさも、ゆいにはかなわない。

「もっと自由にあなたに会えるのなら、日本を紹介してもらいたい」

「わたしも美しい日本を案内したいです」

ゆいがにっこりする。

「遠いですが、あなたにロシアを見せたいです。わたしが住んでいる街、ペテルブルグは本当に綺麗ですよ」

我がロージナ（祖国）の首都は、一七〇三年にピョートル大帝が港と要塞を築いて生まれた。ネフスキー大通りには荘厳な大聖堂や華麗な宮殿が林立し、入り組んだ水路に小舟が行き交う。太陽の沈まない白夜を体験したら、ゆいはどれほどびっくりするだろう……。

「行ってみたいです。一度は日本を離れて、世界のいろんな場所に行きたいです」

キラキラ輝く漆黒の瞳が、旺盛な好奇心を伝えてくる。ゆいが英語の教師になったのも、未知なる国への憧れや興味からなのだろう。

「戦争が終われば、あなたをロシアに招待しますよ」

「それは素晴らしいわ。本当に嬉しい……」

輝いていた瞳が、ふいに翳った。

「わたしがもっと自由なら……」

いままであんなに楽しそうにおしゃべりしていたのに、消え入りそうな声でつぶやく。

「どうかしましたか?」

心配になって訊ねると、ゆいは「なんでもありません」と笑って首を横に振った。けれど、その笑顔はどこか寂しげだ。

「ソローキンさん、よかったらこれを」

ゆいが、抱えていた風呂敷を広げた。

「わたしの実家の蝋燭です」

二十本近くあるだろうか、店の屋号と蝋燭の絵が入った和紙で一本一本、丁寧に包んである。きっと高価な蝋燭に違いない。

「こんなにたくさん。お金を払います」

札入れを出して開くと、ゆいが「結構です」と言いながらそれを閉じた。

「もう大丈夫なんです」

なにが「もう大丈夫」なのだろうか……そんな疑問が頭をかすめたが、偶然触れた細い指先に、ソローキンの心は奪われていた。


味気ない寺の一室を、温かみのある優しい炎が神秘的な空間に変える。

ゆいからもらった「和蝋燭」は、煤や油煙が少なく消えにくい。しかも、蝋が垂れずに長持ちする。机について作業するには、もってこいの灯りだ。

和蝋燭の材料は木蝋といい、櫨(はぜ)の実を細く潰して蒸し、それを圧搾して採取したものだという。また、太い燈心(とうしん)は和紙とい草の髄からできていると、ゆいが教えてくれた。

職人が木蝋を燈心に素手でかけて乾燥させ、何重にも塗り重ねて仕上げる。そのため、切り口が年輪状になっている。色や絵はつけない。そんなところにも、堅実で華美を好まない日本人らしさが感じられた。

ほんのりと蝋の溶けた香りがする。ゆらゆらと大きく揺れる炎は、まるで意思が宿っているかのようだ。

ソローキンは、丸めた紙を開いて蝋燭の炎にかざした。うっすらとロシア語が浮かび上がってくる。いわゆる、あぶり出しだ。ようやくロシアの内情を知ることができる。

読んだ手紙を机の上に置き、皿にみかんの皮を絞ると、小筆を使って返信をしたためはじめた。

熱中していたためか、襖の開く音に気づかなかったらしい。

「これはなんだ」

いつの間にか、アレクセイがそばに立っていた。いままで誰にも見つからなかったので、油断があったのかもしれない。

「脱走する気か?」

「時がくれば、そうするかもな」

亡き父の形見の懐中時計の蓋を開く。時刻は、午後十一時半だ。

アレクセイは手紙を取って目を走らせると、背後を気にしながら言った。

「……おまえが、反帝政派のスパイだな」

「…………」

「なぜ黙っている?」

「………」

「わざと捕虜になるために戦場にいたな。海軍があの場所にいるわけがない」

ソローキンを命の恩人と感謝しながらも、アレクセイは戦場で抱いた疑念を捨てていなかったらしい。

「これは?」

アレクセイが、持ち手の部分と分け離された竹の杖の先の部分を拾い上げる。

「弘願寺（ぐがんじ）のフレンニコフ少尉からだ」

同志との秘密の通信。もはや隠すこともない。アレクセイの手から杖の先を取ると、返信を丸めて持ち手のほうの杖の中に通し、接ぎ合わせて元通りにする。

「そうか……伝書鳩役は、ゆいさんか?」

ソローキンは目をつむってため息をつくと、アレクセイのほうを向いた。

「……ああ」

「この方法で日本の情報を伝えているのか?」

「アレクセイ。これからの戦争は、〝情報戦〟だ。情報を制する者が勝利する」

世界最強のロシア軍が、なぜアジアの小国に押されているのか。それは情報を軽んじているからにほかならない。

「ゆいさんは良い子だ。安易に利用するな」

アレクセイがまた痛いところを突いてくる。

「……わたしは祖国ロシアを愛する人間だ。彼女は関係ない」

蝋燭の炎に目をやったまま答えると、アレクセイは煙草をくわえ、忠告はしたぞという
ように黙って部屋を出ていった。

――彼女に日本語を学んでいるのは、敵国語を学んで情報を得るため。それが言い訳で
あることは、誰よりも自分が一番よくわかっている。

バラック病棟の一室で、ゆいと一緒に過ごす時間がどれほど喜びに満ちているか……。

ソローキンは微動だにせず、しばらく揺れる炎を見つめていた。

第　6　章

Глава 06

成田からヘルシンキ経由で十時間ちょっと、想像していたよりもずっと早く、桜子たちはサンクトペテルブルグに到着した。

ロシア帝国の首都だったこの街はモスクワに次ぐ第二の都市で、ソビエト連邦時代はレニングラード、その前はペトログラードと呼ばれていた。

世界遺産の宝庫のような、ヨーロッパでも随一の美しい水の都。ため息の出るような建築物がタクシーの車窓を流れていく。あのタマネギ頭は、ガイドブックで観たカザン大聖堂だろうか。

けれども、桜子の気分は塞いでいた。

——ソローキンは、ゆいさんを利用してたのね……。

膝の上で、読みかけの桜模様の日記帳をパタンと閉じる。

「あ、ユーリャさん？　もう着いて、いまタクシーでネフスキー大通りを走ってます。ちょっと実景を撮ってからうかがってもいいですか？　はい……」

隣に座っている倉田が通訳の女性との電話を終え、スマホをしまいながら桜子に話しかけてきた。

「やっとソローキンの日記に会えるな。向こうもゆいさんの日記、見たがってる」

この運命的な出来事に、ディレクターの倉田が興奮しないわけがない。

「倉田さんは、どうしてそんなにソローキンの日記にこだわるんですか」

「いいだろ別に……」

倉田はそう言いながらも思い直したようで、桜子には本音を漏らした。

「いつか小説にして、それを映画にしたいんだ」


純ロシア風建築が見事な血の上の救世主教会、巨大にして重厚な聖イサク大聖堂。ネヴァ川にかかる跳ね橋の上に移動すると、エルミタージュ美術館の壮麗な建物が見える。

桜子は倉田に指示されながら、それらを次々と一眼レフのカメラに収めていた。

と、桜子のスマホが鳴った。出ていいよ、と倉田が桜子の手からカメラを取り、撮影をバトンタッチする。

画面を見ると、菊枝からだ。

「もしもし？　おばあちゃん？」

日本のほうが六時間進んでいるから、日本はもう午後三時くらいか。

「あなたに、伝えたいことがあって……」

なにか、お土産に買ってきてほしいものでもできたのかしら。マトリョーシカやチョコレートじゃあないよね。オシャレなおばあちゃんのことだから、プラトークというロシアの綺麗なウールストールか、あるいは有名なペテルブルグ土産だっていう卵型のペンダントヘッドとか。

「なに？」

いろいろ想像しながら軽い気持ちで訊くと、少しの間のあと、まったく予想もしなかった返事が返ってきた。

「あなたには……ロシアの血が流れとるんよ」

一瞬ぽかんとしたあと、桜子は思わず苦笑した。

「……なに言いよるん？」

だって、あまりにも突拍子がない。

「あたしたちは、ソローキンの子孫なんよ」

桜子は息を呑んだ。わたしたちが、ソローキンの子孫……？　そんなこと、お母さんはひと言も——そこでハッと気づいた。祖母と母の顔立ちには、どこかこの通りを歩いている人たちの面影がありはしないか。

呆然と立ち尽くす桜子をよそに、観光客を乗せた遊覧船や小型船がネヴァ川をのんびり往来している。

「むかしはいまと違うて、あたしのお母さんはよういじめられよった……」

混血児。以前、番組で戦後の落とし子と言われる「GIベビー」を紹介したことがあるから、よく知っている。外見が周囲と異なっていることで、彼らがどれほど過酷な人生を送ったか。

「どこか引っかかって、あなたにも、あなたのお母さんにも言えんかった……ごめんね」

おばあちゃんは、だからいつもロシア兵墓地を掃除しにいくん？　綺麗なお花を供えるん？　ぎゅっと胸が切なくなった。きっといまも、菊枝はロシア兵墓地から電話をかけているに違いない。

「勇気がのうて……」

ずっと胸の奥に隠してきた秘密を孫の桜子に打ち明けるのに、どれだけ葛藤があったことだろう。とても祖母を責める気にはなれない。

「ううん。ありがとう」

桜子は礼を言って電話を切った。

自分のルーツが、この地にある――その事実を知ったいまは、目に映る景色も吸い込む空気さえ、まるで違ったものに感じられた。

宮殿広場を歩きながら、桜子は菊枝の話を倉田に伝えた。さしものファンタジスタも、絶句している。もはや運命なんて言葉では表せないような、なにか大きなものに導かれているような気がしてならない。

「そろそろ行こう。ユーリャさんが待ってる」

「はい」

行く先のサンクトペテルブルグ国立大学は、宮殿橋を渡って向こう岸にある。ここから徒歩で十分もかからない。

緑豊かなアレクサンドロフスキー庭園を横に見ながら歩いていると、川岸沿いに堂々とした建物が現れた。

いまは海軍大学校になっている、旧海軍省だ。

金箔張りの尖塔の上には、金色に輝く風見の帆船が遥かかなたを見渡している。その威容は、ロシア帝国全盛期のロシア海軍の歴史をいまに伝えていた。

海軍省……ソローキンが確かにいた場所。彼はここから戦地に向かったのだ。

柵の向こうの敷地内に、真っ白な軍服を着た青年たちが楽器を手に整列しているのが見える。

桜子は知らず知らず立ち止まって、無意識のうちにカメラを構えていた。

ふいに、白い軍服を着た青年将校の顔が浮かぶ。

ソローキンの顔を知るはずもないのに、穏やかな微笑を湛(たた)えたその人は、どこか懐かしい、透き通るような蒼い目をしていた。

サンクトペテルブルグ国立大学は、帝政ロシア時代に創立された、もっとも古くて大きな大学のひとつだという。

ふたりが到着すると、建物の前で、桜子より四、五歳年上に見えるロシア人女性が立っていた。

「ユーリャさん？」

倉田が急ぎ足になって声をかける。

「はい、そうです」

通訳をしてくれる彼女は、この大学の東洋学部で日本語を専攻し、卒業後は研究室で働いていると桜子は聞いている。

「ロシアは初めてですか？」

「はい、初めてです」

そんな話をしているユーリャと倉田の後ろから、歴史を感じさせる廊下を歩いていく。と、前方の部屋から、初老の男性が出てきた。

「あ、キリル博士」

ユーリャがロシア語に切り替えて声をかけると、彼はにこやかに笑いながらこちらへやってきた。両手を広げて、ユーリャとハグを交わす。

「こちら、戦争の研究者で、歴史教授のキリル博士です。そして、わたしの伯父です」

倉田と桜子にユーリャが紹介してくれる。

「ズドラストビーチェ」

白髪交じりの髭や秀でた額は、いかにも歴史教授という雰囲気だ。

「ズドラストビーチェ」

桜子も、飛行機の中で詰め込んだロシア語の挨拶を口にする。

「お待ちしてました。会えて嬉しい」

キリル教授は桜子と握手を交わすと、いったん床に置いた鞄を持ち上げ「どうぞこちらへ」と歩き出した。


「……倉田さん。ほんとにわたしが撮らなくて大丈夫ですか」

いつもは取材する側なのに、手持ち無沙汰でテーブルに座っているのは、なんだか居心地が悪い。

今日のおまえは取材される側だろ、というように倉田がニヤッとする。ソローキンの子孫となれば話は別、桜子は当事者なのだ。

気もそぞろに、キリル教授が取りにいっている『ソローキンの日記』を待つ。

保管されている資料を持ち出すには目録カードが必要なのだが、その数の膨大さに桜子は目をみはった。一室すべて、木製のインデックスキャビネットが占領しているのだ。

それもそのはず、この大学の東洋学部は一八五四年に創設され、日本研究は旧ソ連でも最高峰だという。

やがて、奥のほうからキリル教授が戻ってきた。

「こちらが、ソローキンの日記です」

桜子の前に置かれたそれは、四隅が擦り切れた古い革表紙が、流れてきた長い年月を感じさせた。綴じ糸もほどけているらしく、ページがバラバラになっている。

桜子は、日記帳にそっと両手を添えた。

倉田がさりげなくカメラを構える。

これがソローキンの……わたしの、ひいひいおじいちゃんの日記。

まるでその人に触れるような気持ちで、ドキドキしながらゆっくりと表紙を開く。

日記は、一九〇六年の二月に始まっていた。


『一九〇四年五月、わたしは捕虜として松山に潜入した。日本の政府と関係を作り、支援を得るのが目的だった。

戦争に行く前に、ロシアで手に入れられる日本の情報を頭に叩き込んだ。日本は世界の端にある小さい国で、貧しく、誇れる文化もない印象だった。しかし、記録や文献と、この目で見る日本はまったく違っていた。

彼らは勤勉で規律正しい生活を送り、子どもたちは皆、読み書きができる。日本人は、文盲の捕虜たちにロシア語を勉強する機会を与え、さらに日本語も教えてくれた。

この国の宝は、女性だ。日本の女性はよく働き、母親のような無償の愛で尽くしてくれる――』

*

新たに増築されたバラック病棟には、祈祷室と娯楽室、日用品や飲食物を売る酒保（しゅほ）（売店）、東庭の大きな花壇の真ん中にはテニスコートが設けられて、捕虜たちの無聊（ぶりょう）を慰めた。

天気のいい日は皆、庭に出たがった。傷の軽い者は、ボールで遊んだり自転車を乗り回したりする。あまり動けない者は、筵（むしろ）や椅子を出して読書やシャフマタ（西洋将棋）、トランプなどのゲーム、日光浴を楽しんだ。

その日、ソローキンは、外のテーブルでミハエルと談笑していた。

すぐ近くで、ゆいがナカと一緒にせっせと包帯を干している。

彼女たち看護婦は、男でさえ音をあげるきつい仕事を黙々とやってのけ、顔を背けたくなるような不浄な仕事にも嫌な顔ひとつしない。それどころか、覚えたロシア語で声をかけ、手が空けば新聞を読んでくれ、寝たきりの捕虜の枕元には摘んできた草花を置いて心を慰めることを怠らない。

世界中のどこを探しても、これほど慈愛に満ちた女性たちはいないだろう。

ゆいの姿を眺めていると、アレクセイが椅子とギターを持って病舎から出てきた。

「仕事もなくて、治療中で酒も飲めない。やることがなければ歌うしかないな」

いつもの軽口を叩きながら、愛を唄ったバラードを奏ではじめた。有名な「夜明けに彼女を起こさないで」という曲だ。ゆいとナカは仕事の手を休めて、美しい調べに聴き入っている。

そうだ――。ソローキンは軍帽をテーブルに置いて立ち上がり、衣服を整えると、ゆいに近づいていった。

「ユイサン。わたしと踊ってくれませんか?」

手を差し出して、ダンスを申し込む。

まるで西洋の社交界の一場面のようで、そばにいたナカがきゃっと頬に手を当てた。

「あなたと踊りたいのです」

ソローキンは、ためらっているゆいの手を取った。

「でも、踊り方がわかりません」

日本にも鹿鳴館があったし、知識としては知っているけれど、ゆいはダンスなどしたことがない。

「なにも考えず、わたしに身を委ねてください」

庭の真ん中にゆいを誘い、彼女の手を自分の肩に置くと、腰に手をかけて踊り出した。

ソローキンの動きに合わせてステップを踏んでいるうちに、ゆいもだんだんぎこちなさが和らいでくる。

ふたりに続けとばかりに、ほかの捕虜たちが看護婦の手を取り、一組また一組とダンスに加わった。ナカも目の見えないミハエルを立ち上がらせて踊り出す。

足首まである看護婦の白衣は、雪のように白いドレスだ。殺風景な庭が、たちまち舞踏会場に早変わりする――捕虜の負傷兵と看護婦という、珍しい組み合わせではあるけれども。

ベッドから起き上がれない負傷兵たちは、外から聴こえる曲にじっと耳を傾けている。

ソローキンの巧みなリードで、ゆいが軽やかに舞う。見つめ合う目が次第に熱を帯び、ソローキンは思わず足を止めてゆいの手を握りしめた。

――このまま、どこかへ連れ去ってしまいたい。

そんな思いに駆られていると、アレクセイの弾き語りが終わった。紳士らしく、ゆいの手の甲に口づける。びっくりして固まっている彼女が、なんとも初々しくて愛らしい。

今度は、別のロシア兵がバラライカを弾きはじめた。また別の捕虜がカルモーシカ（小型の手風琴）を持ち出してくる。庶民的なロシアの民謡にワッと歓声が起き、軽快な音楽に合わせて手拍子する者、じっとしていられなくなって踊り始める者、見事なコサックダンスを披露する者もいて、祭りのようなにぎやかさだ。

懐かしさのあまり、病棟の負傷兵たちも起き出して窓に鈴なりになっている。

難しいステップなんか必要ない。皆、跳んだり跳ねたり回ったり、思い思いにダンスを楽しんでいる。ソローキンはゆいと顔を見合わせて笑うと、腕を組んでくるくる回りはじめた。

ゆいの笑顔を見ているだけで幸せに包まれる。この瞬間、ソローキンは戦争も、捕虜生活も、祖国のことさえ忘れていた。

　しかし、夢の時間は長くは続かない。突然、切り裂くような笛の音が鳴り響いた。

「ここをどこじゃ思うとる！　病院ぞ！　静かにせい！」

　衛兵たちが靴音荒く、どかどか割り込んでくる。

「日本人は楽しむことができないのか？」

　うんざりしたようにアレクセイが吐き捨てた。

　現実に引き戻されたものの、ソローキンは未練がましく、ゆいの手を離せないでいる。

ゆいもまた、ソローキンを見つめたまま動こうとしない。

　そのとき、病舎の窓から、看病の手伝いをしているロシア兵が顔を出した。

「おい！　誰か手伝ってくれ。……先週来たコサック兵が死んじまった」

　捕虜たちの空気が、とたんにしめやかになった。世界最強の騎馬兵集団と言われていたコサック兵の末期のまぶたに去来したのは、忠誠を尽くしたツァーリだったか、それとも母なるヴォルガの流れだったか……。皆、帽子を取って、上、下、右、左……とロシア正教の十字を切りながら病棟に戻っていく。アレクセイも十字を切って、あとに続いた。

「どうしたんですか？」

ゆいがソローキンに訊ねた。

「また仲間が亡くなった……ロシアに帰らずここで死んだら、彼らは忘れ去られてしまう」

どれほど看護婦たちが親身になってくれても、本当の家族にはなれない。病気や傷を負った捕虜たちは、日々望郷の念にさいなまれながら、明日は我が身という不安と闘っている。

その悲痛な思いに応えるように、ゆいがソローキンの前に立った。

「わたし、戻ります！」

どちらからともなく手を握り合い、そして、名残りを惜しむように離れていった。

＊

「亡くなったロシア兵たちは、いまでも忘れられてないわ……」

桜子は思わず日記帳に向かって語りかけていた。

大丈夫です。彼らのお墓はいつもきれいに掃き清められ、美しいお花が手向けられています——できることなら、ソローキンにそう教えてあげたい。

「ちょっとこっち向けて」

カメラを構えた倉田に指示されて、日記帳の向きを変える。ここは大切なところだと思ったようだ。

「少し休憩しませんか？」

キリル教授が、窓を開けて風を通しながら言った。なんでも、桜子に会いたいという人たちが訪ねてきているという。

年齢も性別もさまざまなロシア人たちが、二十人ほど研究室に入ってきた。三十代半ばと思しき身なりのきちんとした女性が、親しそうにキリルとユーリャとハグを交わす。

「彼女はオリガ。わたしの親戚です。そしてみんなは、わたしとキリルの友人です」

ユーリャが紹介してくれる。桜子と倉田がロシア語で挨拶すると、皆、親しみのある笑顔を返してくれた。

「ゆいさんの日記は、持ってきてくれましたか？」

オリガが開口一番、桜子に訊ねてきた。ユーリャが訳してくれる。オリガはどこか緊張しているような表情だ。

なぜキリル教授でも、研究生のユーリャでもなく、彼女が……と不思議に思いながら、桜子はバッグからゆいの日記を取り出した。

キリルをはじめ、ほかのロシア人たちも身を乗り出してくる。

オリガが後ろから表紙を開いた。そっか、日本とは逆なのねと思いながら、桜子が手を伸ばし、右側から表紙を開く。

桜の押し花を見た瞬間、オリガが感極まったように口を押さえた。

*

シャンデリアの下、優雅なピアノ曲が流れている。

その夜、晩翠亭（ばんすいてい）で社交の夕べが催された。内外の名士が集い、男性は正装、日本の女性たちは華やかな着物で着飾っている。

クラシカルなドレスをまとったソフィアの隣で、ゆいはかなり居心地の悪い思いをしていた。彼女に誘われてのこのこついてきたものの、一張羅の晴れ着を着ていても自分だけ場違いな気がする。

「ソフィア・フォン・タイル様、ご挨拶が遅れました」

ロシア留学経験の長い新県知事が、わざわざ挨拶にやってきた。ソフィアの夫のウラジーミル少将は高名な軍人であり、ソフィアは市に多大な寄付をしている。そのうえ日本赤十字社を手伝っているのだから、知事も頭が上がらないはずだ。

やっぱり、蝋燭屋の娘が来るところじゃないわ……気疲れがして、ゆいは階段の踊り場にいた。ソフィアは上階の手すりのところで、身なりの立派な男性と談笑している。

そのとき、せかせかと入ってきた中年男を見て、ゆいは目を丸くした。

「お父さん！」

どうやって潜り込んだものか、勇吉は羽織り袴姿である。

「おお！」

ゆいを見つけた勇吉は、振り返って無遠慮な大声を張り上げた。

「康平(こうへい)くん！　こっちじゃ、こっち！」

扇子をパタパタさせる。その立ち居振る舞いといったら、いっそ清々しいくらい場違いだ。

「彼が今日、ここに来ると聞いての。ゆいもここにいると聞いたけ、紹介しよう思うてな」

勇吉は響き渡るような大声で、蝶ネクタイを締めた青年と一緒に階段をおりてくる。

紹介されなくてもわかる。両親お気に入りの、将来有望な銀行家だ。

「結婚するのに、まだ会うてないのはようない思うての」

「……そう」

そっけなく答えながら、ちらっとソフィアを見上げた。

「今日はゆいも綺麗な着物を着とるし、ちょうどええじゃろ。ハッハッハ」

上機嫌の勇吉とは裏腹に、ゆいの気持ちは沈み込んでいくばかりだ。

「はじめまして、名倉康平といいます。やっと会えましたね。いやあ、本当に綺麗な人だ」

快活で、誠実そうな人だ。けれどゆいは、階段の上にいるソフィアのほうばかり気になってしまう。

「どうも……」

お辞儀をしながらも、また目線が上に行く。それに気づいた康平は、ゆいがダンスをしたがっていると勘違いしたらしい。

「せっかくですので、踊りますか？」

康平が手を差し出してくる。

そのとき、ゆいの脳裏に浮かんだのは、バラック病院の中庭でダンスを申し込んできたソローキンの姿だ。ほかの男性とは、踊りたくなかった。

「踊りは……苦手です」

あれほど素敵で幸せなダンスは……きっともう二度とない。


バルコニーに手をかけてひとり佇んでいるゆいのところへ、ソフィアがやってきた。

隣に立つと、ゆいを見て物言いたげに微笑む。

やっぱり、聞こえていたんだわ――惨めさと恥ずかしさで、ゆいは思わずうつむいた。

「けっきょく、結婚するんですか？」

ゆいには答えられない。

「相手を愛してないのに」

「愛とか……そういうことではありません。日本の女性は、自分の考えを出すことを許されていません」

ソフィアには理解できないだろう。男性に発言することもできず、親に逆らうこともできず、生きたいように生きられない日本の女性は、囚われの身となんら変わりない。

「日本の文化や風習を守ることは大切です。でも、あなたは新しい時代の女性です。縛られる必要はありません」

「…………」

「あなたの心は、どうしたいと言っているんですか？」

ソフィアが、そっとゆいの肩に手を置いた。


昨夜のソフィアの言葉は、ゆいの背中に小さな翼を生やしてくれた。

――家族を捨てて、家を出る？　そんな勇気が、わたしにある？

この先、どうなるかはわからない。でもいま、ゆいの心は叫んでいる。

――彼に会いたい。彼に会いたい！

その想いだけに衝き動かされて、ゆいは大林寺の石段を駆け上がった。門の前までたどり着いたが、番兵の銃剣が行く手を阻む。

「どうした、ゆいさん」

老舗の蝋燭屋の娘で篤志看護婦をしているゆいのことは、収容所の者なら誰でも知っている。

「ソローキンさんに、会いにきました」

肩で息をしながら言う。

「面会許可はもろうとるか？」

見回りをしていた下士官の山本がやってきた。

「いえ。でも、どうしても会いたいんです！」

銃剣を押しのけて無理やり入ろうとする。自分がこんなに無鉄砲だったなんて信じられない。でも彼に会いたい一心で、ほかのことはなにも考えられなかった。

「だめ言うたら、だめや！」

「お願いします！」

ゆいが番兵と揉み合っていると、ソローキンとアレクセイが通りかかった。

「ユイ？」

ソローキンが気づいて、こちらに歩いてくる。

「おい、戻れ！」

山本が手で制し、すかさず番兵がソローキンに銃を向けた。さすがにソローキンもそれ以上は近づけない。

手を伸ばせば、触れられる距離にいる。なのにふたりを阻む壁はあまりに高く、ゆいの小さな翼では乗り越えられそうもない。

ふたりが言葉もないまま見つめ合っていると、なにを思ったか、アレクセイが「任せとけ！」とソローキンに言い、まあまあまあと山本に近づいていった。

「これを受け取ってくれ」

袖の中から丸めた紙幣を取り出して、山本の軍服のポケットに突っ込む。要するに、ふたりの逢瀬を見逃してもらうための賄賂だ。懐の寒い下っ端の軍人などどこの国でも同じ、鼻薬を嗅がせれば一発だと考えたわけである。

しかしアレクセイの目論見には、多きな誤算があった。相手は、生真面目で融通の利かない日本帝国軍人なのである。

「これはなんだ！」

山本は顔を真っ赤にして、アレクセイに金を突き返した。

「金がいらないなんて、日本人はバカか？」

作戦に失敗したアレクセイが負け惜しみを言う。

その間も、ゆいとソローキンはお互いだけを見つめ合っていた。

市の端っこにある大林寺までずっと走り通しだったゆいはまだ息を切らし、着物の裾は乱れて、真冬だというのに額に汗まで浮かべている。

そんな姿を目の当たりにして、さしもの山本もほだされたらしい。

「……わかった。まあええ」

ゆいは驚いて山本を見ると、気が変わらぬうちにと急いで中に入った。ソローキンが待ち構えていたようにゆいを受け止め、ふたり寄り添うようにして庭のほうへ歩いていく。

なんだ、いいところもあるじゃないか――アレクセイがニヤニヤしていると、山本が嫌そうな仏頂面になる。おっと、退却時だ。

ちょうどそこへ、ミルスキーたち将校が連れ立ってやってきた。

「おまえら、どこに行くんだ？」

アレクセイが近づきながら声をかけると、ミルスキーが赤い薔薇を一輪掲げながら、「散歩じゃないぜ」と足取り軽く歩いていく。将校たちは皆、いつもより念入りに身支度をしていて、アントンなど香水のいい匂いまでさせている。

「遊郭に行くんだ」

アレクセイの目の前で、アントンが薔薇をゆらゆらさせる。

——ははあ、それで浮かれているのか。ついて行きたくても、ほかの将校と違って懐の寒いアレクセイは、ひとり寂しくお留守番だ。

「……ちょっと待って！」

ふと思いついて、アレクセイは急いでミルスキーたちのあとを追いかけていった。

兵卒の捕虜たちが交替で掃除をするので、寺の庭はごみひとつなく手入れが行き届いている。今日は肌寒いためか、西山を借景にした池の周囲に人影はなかった。

「来てくれて嬉しい」

歩きながら、ソローキンは言った。いままでの人生でこれほど女性を愛しいと思ったことはない。そしてこれからも、彼女以上に愛せる女性は現れないだろう。

「わたしも会いたかった」

立ち止まって素直に気持ちを伝え、ゆいの手を取る。先ほど門の外から見つめてきた黒曜石の瞳は、溢れんばかりにソローキンへの愛を伝えていた。お互いの想いが通じ合ったいま、もう心を偽ることはできない。

「戦争がなければ、全力で愛を捧げる」

ソローキンは、はっきりとゆいに愛を告げた。

「戦争がなければ、出会わなかったですよ」

少しはぐらかすように、ゆいが微笑む。

「そうですね……」

ソローキンは小さく頷き、ゆいを促して木の腰掛けに座った。

「ロシアは危機が迫り、革命が近い。ロシア人同士で戦い、多くの血が流れるだろう。無駄な犠牲を避けるために、正しい決断をしなければならない」

それには、自分たちのような階級の者たちが立ち上がらなければ。圧政に苦しんでいる民衆のため、革命に身を投じる覚悟はとうにできている。

「ロシアに戻り、革命に参加するのですか?」

不安に駆られたゆいが、ソローキンの手に自分の手を重ねる。

「革命と言っても、銃で人を殺すわけではありません。確かな情報を手にし、血を流さずに革命を起こすのです」

冷たくなったゆいの手を包み込むように、ソローキンはもう一方の手を重ねた。

「……ロシアへは、どうやって還るんですか？」

「近いうちに捕虜交換があるそうです」

「……そうですか……」

ゆいは寂しそうにまつげを伏せ、大きな手の下からそっと自分の手を引っ込めた。

愛する人に悲しい顔などさせたくない。ソローキンも身を切られるような思いだ。

と、ゆいが立ち上がって、ソローキンをまっすぐに見つめた。

「もしも、愛のために行かないでくださいと言ったら、日本に残ってくれますか？」

その言葉を口にするのに、ゆいはどれほど勇気を要したか——。

自分だけのためなら、迷わず日本に残ると返事をしただろう。しかし革命はロシアの未来のため、生まれてくる子どもたちのためだ。母と身重の妹も捨ててはおけない。

苦しげに押し黙ったソローキンを見て、ゆいはごまかすように笑った。

「……すみません。また意地悪な質問をしてしまいました」

けれども、ゆいを手放すこともできない。ソローキンは立ち上がって、ゆいに言った。

「愛のために、わたしとロシアに行こうと言ったら、一緒に来てくれますか？」

そのひたむきな眼差しに圧倒されたように、ゆいは目をみひらいたまま言葉が出てこない。

「意地悪な質問ではなく、本気で言っています」

もしもゆいがついてきてくれると言ったら、どんな困難も厭わない。なにがあろうと、命に替えて彼女を守ってみせる——。

答えを出せないまま見つめ合うふたりの間に突如、一輪の薔薇が現れた。

「ソローキン。ユイサン。愛の告白に花は必要だ」

先ほどの名誉挽回のつもりだろうか、アレクセイはソローキンに薔薇を渡すと、鼻歌を歌いながらその場を去っていった。

戦場では確かに命を救ったかもしれないが、陽気なアレクセイがいなかったら、収容所生活はもっと惨めなものだっただろう。いまでは互いに唯一無二の親友だ。

おかげで張り詰めていた空気がほぐれ、ソローキンは微笑んでゆいに薔薇を差し出した。

「ユイサン、これを」

「……こんな綺麗な薔薇を……ありがとう」

ゆいは照れながらも嬉しそうに顔をほころばせ、ふと思いついたように言った。

「ロシアに桜はあるのですか？」

「サクラ？　日本の男性は女性にサクラを贈るのですか？」

ロシアで日本のことを調べたとき、サクラという花のことは出てこなかった。薔薇より美しいのだろうかと思いながらソローキンが訊くと、ゆいは明るい笑い声をあげた。

「違います。みんなで桜を眺めるんです。日本人は、桜が大好きなんです」

松山城や道後公園など、松山には桜の名所がたくさんある。

「満開の桜は、それは見事で……」

その光景を思い浮かべているらしく、ゆいは夢を見るような眼差しになった。

「そして散ってしまうときは、ひらひらと桜の花びらが舞い降りて、風に舞う花びらの美しさはこの世のものとは思えません」

自分がひとひらの花びらになったかのように、両手を広げてくるくると回る。子どものようにはしゃぐゆいを、ソローキンは笑いながら見つめた。

「三月の終わりには桜が咲きます。そしたら一緒に見れますね」

大好きな桜を見せてあげたい。そんなゆいの気持ちが伝わってくる。

「それまで、捕虜でいないといけませんね」

するとゆいは、顔からサッと笑みを消した。

「ごめんなさい、そういう意味じゃないんです」

「わたしもそういう意味では……」

冗談のつもりだった。お互いの思い違いをクスクス笑い合う。

「桜の美しさは、言葉では言い表せないんです」

まるで我が子を自慢するように、ゆいは誇らしげだ。

「サクラは、日本なのですね」

まだ見ぬ満開の桜を想像しながら、ソローキンは言った。

「でも、わたしにとって日本はあなたです。わたしはあなたに会うために、サクラの国に来たのかもしれません……」

第 7 章

Глава 07

明治三十八年（一九〇五年）一月一日、旅順のロシア軍最高指揮官ステッセルは、ロシア軍司令本部の屋上に白旗を掲げた。

約六ヶ月に渡る激戦の末、日本軍によってついに旅順が陥落したのである。

国民は歓喜に沸き返った。万歳の声と号外が飛び交い、提灯行列が通りを練り歩き、祝砲の花火が打ち上がる。皆〝ようやく〟という思いだ。

総攻撃を繰り返し多大な戦死者を出しながら、日本軍はなかなか旅順要塞を落とすことができなかった。砲台と厚い堡塁（ほうるい）で固めたロシア軍要塞は、日本軍の予想をはるかに超える堅固さだったのである。

戦況が長引くにつれ、乃木軍司令官に国民の失望と非難の声があがった。息子たちが従軍し、松山出身の秋山真之が連合艦隊作戦参謀を務める海軍びいきの勇吉など、乃木を無能呼ばわりしていたほどだ。

そんななか、バルチック艦隊がついにロシアを出航する。世界最強といわれる艦隊が来る前に、なんとしても旅順港のロシア艦隊を撃滅せねばならない。

日本軍は十二月五日に旅順港を見渡せる二〇三高地を占領、海軍がロシア艦隊を撃滅する。その後始まった陸軍の最後の総攻撃は、工兵が坑道を掘って堡塁を爆破したのち歩兵部隊が突撃するという戦法がとられ、約一ヶ月かかって本要塞を攻略した。満州軍総司令部から児玉総参謀長が駆けつけたこと、ロシア兵の人望厚かった要塞司令官コンドラチェンコ少将の死も大きな勝因だったろう。

ともあれ、一万五千人以上もの戦死者を出した旅順攻略戦は、ここに終結したのである。

日本中が戦勝ムードに包まれるなか、武田蝋燭の玄関先にも、紅白の提灯と奉祝の提灯がにぎにぎしく掲げられた。

「今日は旅順陥落のめでたい日だ。みんな、じゃんじゃん飲んでくれ」

勇吉がご近所さんを集め、角樽の祝い酒を振る舞う。ロシア軍は息子を奪った憎い敵、新年の杯に勝利の美酒となれば、うまくなかろうはずがない。

ゆいとタケは食事も後回しで、客にお酌をして回った。

「『旅順陥落の暁には、捕虜解放を約束す』。政府の言うとおりなら、ロシア兵がおらんようになって、元の松山に戻りますな！」

せいせいすると言わんばかりの父親の言葉に、ゆいのお酌の手が止まる。

「ゆい！　俺にも酒じゃ」

ひとり縁側で飲んでいる健一郎は、すでに酔っている様子だ。

「めでたい日に、あんまり飲みすぎんとって」

そばに行って盃を取り上げると、健一郎は酔眼をぎらつかせた。

「めでたいけん、ぎょうさん飲むんよ！」

ゆいの手から盃を奪い返す。

「旅順陥落じゃあ。奇跡じゃのう……」

居間のほうから、つくづくと言う勇吉の声がする。

バルチック艦隊が旅順の太平洋艦隊と合流したら、日本艦隊はやられ、そのまま日本はロシアに占領されていたかもしれない。第三回総攻撃の際に決死隊として結成された白襷（しろだすき）隊（たい）、二〇三高地を激戦の末に奪取した第七師団、その他多くの勇猛果敢な日本軍将兵が命を賭して戦ってくれたからこそと、勇吉の目頭は熱くなる。

「いやあ、めでたい、めでたいのう」

大盤振る舞いの酒と料理が、次々と用意される。

「家にお金がないのに、お父さん無理しちゃって……」

ついつぶやくと、健一郎がくわえ煙草で言った。

「おまえの結婚をあてにしとるんじゃろ。これからは、おまえもあそこで働かんでええからな！」

「………」

ゆいが篤志看護婦をしていることを、勇吉も健一郎も苦々しく思っているのは知っている。捕虜の人道的扱いが国の方針だから、いままで仕方なく目をつぶっていただけだ。

宴もたけなわになり、上機嫌で杯を重ねた勇吉はますます饒舌になった。

「いよいよゆいが結婚することになりましてのお！」

「おおーっ！」

廊下でタケと片づけものをしているゆいの耳にも、もちろん話は聞こえている。

「ゆい、こっちへ来い！　みんながおまえの結婚の祝いをしたいと言うとる」

酔っ払った勇吉が、足元をふらつかせながら廊下に顔を出した。

「さあ、早う（はよ）！」

当然ゆいが従うものと思っているので、また宴席に戻っていく。

「ここはええけん、行きなさい」

勇吉を怒らせたら大変と、タケが追い立てる。

「わたしはええ」

誰がのこのこ俎上の魚になるものか。言うことを聞かずに茶碗を拭いていると、横から
健一郎の怒鳴り声が飛んできた。

「こいつは、ロシア人のことが好きなんじゃと！」

ギクリとして手が止まる。なぜ、兄さんが――。

「ゆい、ほんとなん⁉」

タケが顔色を変えた。

「おまえ、この間、ロシア人に会いに寺まで行ったじゃろ。町の噂になっとるぞ！」

顔見知りの番兵の口から漏れたのだろう。自分の軽率な行動が悔やまれたが、もう遅い。

「ゆい、いかん。あなたは結婚するんよ」

タケは必死だ。変な噂が立って破談にでもなったら大ごとである。

「あいつらに健二を殺されたんを忘れたんか？」

兄の鋭い視線が刺さる。

最愛の弟の死を忘れたわけじゃない。忘れるわけがない。ゆいは黙ったまま、小さく首を横に振った。

「おまえはまたロシア人に会いに行くんじゃろ。母さん！　ゆいを見張ってくれ」

健一郎の横暴さは腹立たしいが、歯向かえない自分にはもっと腹が立つ。

片づけを終えて部屋に入ったゆいは、力が抜けたようにその場にうずくまった。

机の上の花瓶に飾ってあった薔薇は、花びらを落としはじめていた。


ラッパに太鼓、爆竹と万歳の歓声。

夜を徹しての祝勝騒ぎは収容所にも伝わり、捕虜たちに不安と混乱をもたらした。

「旅順陥落で捕虜解放じゃないのか？」

翌日、ソローキンは大林寺の庫裏（くり）の一角で、室田から密かに情報を訊いていた。

「ああ。日本政府が許さなかった。ロシアにはまだ、バルチック艦隊があるからな」

相手はロシアの主力艦隊だ。この戦争がどう転ぶか、予断は許さない。

「革命は多くの人の血が流れる。その前に絶対ロシアに還らないと……」

旅順攻略戦で、ロシア軍は一万六千人もの戦死者を出した。この敗北で、民衆の厭戦感情は一気に膨れ上がるだろう。首都ペテルブルグでは、ガポン神父の作った労働者組織が急速に拡大し、構成員は八千人を超えたという。

「我われはロシアの反政府組織に、情報と引き換えに財政援助をしている。だが、その情報が、不確かなものが多くなった」

室田の声がいっそう低くなる。

「おまえをロシアに戻す手助けをする代わりに、確かな情報を送ってほしい」

椅子から立ち上がったソローキンは、イライラと眉根を寄せた。

「捕虜交換も解放もなければ、どうやって戻ればいい？」

「手段は脱走しかない。……成功の確率は低いがな」

可能性が一パーセントでもあるのなら、もとより脱走でもなんでもする覚悟だ。しかし、いまは事情が違う。

「どうした？　決心がつかないのか？」

「……迷っている」

正直に答えると、室田は目を吊り上げた。

「なにを言っている！　ロシアに戻りたいんだろ？」

いざとなったら臆病風に吹かれたか。そう思ったらしい。

「わかっている」

ソローキンは椅子に戻り、正面から室田を見据えた。

「ゆいさんも、一緒に連れていきたいんだ」

難しいことは十分承知している。だが、軍の上層部に太いパイプがあるこの中尉なら、もしかすると、なにかいい手立てを思いつくかもしれない。

しかし、返ってきた言葉はソローキンの予想だにしなかったものだった。

「なにを言ってるんだ。ゆいさんは結婚するんだぞ」

「えっ」

ゆいが、結婚――？　そんなはずはない。彼女の愛は間違いなく本物だ。一緒にロシアに来てくれるものだと、ソローキンは固く信じていた。

「どうした。知らなかったのか？　相手は、将来有望な銀行家だそうだ」

幽霊でも見たような顔をしているソローキンに、室田は言った。

嘘だ。嘘だ。嘘だ。

矢も盾もたまらず、ソローキンは室田の制止を振り切って寺を飛び出した。営倉入りになるかもしれない。けれど血がのぼった頭では、ゆいのこと以外なにも考えられなかった。

雨のそぼ降る市街を走り抜けて、バラックの病棟に飛び込む。

どこだ。ゆいはどこにいる。

カーテンを乱暴に揺らし左右のベッドに目を走らせ、大股でどんどん奥へ入っていく。

きみは、わたしを愛するふりをして、ほかの男と結婚するというのか。

いつもの冷静な青年将校の姿はどこにもない。惑乱したようなソローキンの姿に、負傷兵や看護婦たちは目を丸くしている。

一緒に過ごしたあの素晴らしい時間は、ロシア兵捕虜とのいっときの戯れだったというのか――。

また誰か亡くなったのか、いちばん奥のベッドでシーツを交換しているゆいがいた。

「ユイ！」

振り向く前に腕をつかみ、無理やり自分のほうを振り向かせる。

「結婚するのは本当か？」

周囲を気にしている余裕はない。

「なぜ結婚する？　わたしをだましたのか？」

ソローキンの剣幕に、ゆいは少し怯えたように唇を震わせた。

「それは……違います。誤解です」

「愛している」

両腕をつかんだまま、ソローキンはゆいの黒曜石の瞳を見つめた。

「あなたは、わたしを愛していないのですか？」

ゆいもまた、ソローキンの蒼い瞳を見つめ返す。

「わたしも……愛しています」

ゆいの口からはっきり愛の言葉を聞いて、安堵が胸に広がった。そうとも、彼女がわたしを欺くような女性であるものか。少しでも、ゆいの愛を疑った自分が恥ずかしい。

そのときだ。

中年の女性がソローキンにつかみかかるようにして、凄い勢いでふたりの間に飛び込んできた。

「おまえは、なにをしにここに来たんじゃ⁉」

ソローキンを睨みつけ、噛みつかんばかりに食ってかかる。衛兵たちも駆けつけてきた。

「お母さん。違うの。これは……」

「早う帰るよ！」

問答無用でゆいの腕をとり、ソローキンから引き離そうとする。

ゆいの母親に違いない。彼女がなにを叫んでいるのかわからないが、ソローキンに向けられた敵意と、ゆいとの間を裂こうとしていることだけははっきりわかる。

「早う！」

「待ってくれ！」

タケが無理やり、ゆいを引っぱっていく。

つかんでいるこの手を離したら、もう二度と会えないかもしれない。

「ノー！　ユイ、愛している！」

「ソローキンさん！」

「やめろ！」

衛兵たちがソローキンを取り押さえた。ふたりとも、互いの手を放すまいと懸命に相手の手を握りしめる。

「愛している！」

とうとう、ふたりの手が離れた。

「いや！」

タケを振りほどこうともがきながら、ゆいがソローキンに手を伸ばす。

「ゆい、なにをしよるの！　早う帰ろ！」

「ユイ！　わたしと一緒にロシアに行こう！」

衛兵たちに抵抗しながらソローキンも手を伸ばす。もう少しで指先が触れそうになるが、ふたりの間にある距離は、ロシアと日本よりも遠かった。

「やめろ言いよるじゃろうが！」

業を煮やした衛兵が、身動きできないようソローキンの両腕を後ろに回して押さえつける。動かせるのは、もう口だけだ。

「ユイ！　待ってくれ。愛している！」

力の限り叫んだが、ゆいはタケに連れられて出口の向こうに消えてしまった。

「愛している！」

せめてこの声だけでもゆいに届いてくれと、ソローキンは叫び続けた。

騒ぎを起こしたソローキンは数日間営倉入りになり、以前より監視の目が厳しくなった。ゆいに会える手立てもなく時間だけが過ぎ、苛立ちが焦燥に変わる頃、ついに恐れていたことが起きた。

血の日曜日事件。

首都ペテルブルグで一月二十二日、ガポン神父の指導の下、労働者とその家族がツァーリに対してプラウダ（正義）を訴える請願行進を行った。その内容は、立憲政治の実現、労働者の権利の保障、日露戦争の中止など、ごく素朴で平和的なデモ行進だった。にもかかわらず、武器を持たない六万人の民衆に軍隊が発砲し、千人以上の死傷者を出したのである。

革命の導火線に火がついたのは明白だ。もはや一刻の猶予もない。

焦慮に駆られつつ、一日また一日と日が過ぎていく。そして二月に入ったある夜、ソローキンはとうとう室田に呼び出された。

「ソローキン。釈放証明書だ。これがあれば、公共施設や乗り物など大抵のものは大丈夫だろう」

渡された紙を広げると、達筆な墨文字で文章が書いてある。以前、ゆいに教わった「海軍少尉ソローキン」という文字と、判が押してある「松山俘虜収容所」の文字だけはわかった。

「どうやって手に入れた？」

ソローキンが訊くと、室田は少し口ごもったあと、言った。

「ある人が、おまえのために頭をさげて手に入れることができた」

「ある人？」

思い当たるのは、ボイスマン大佐しかいない。

「これを使って神戸のフランス領事館に逃げ込め。話はつけてある」

室田は名前を口にせず、言った。

「途中で警察に捕まった場合は破り捨てろ」

ソローキンは頷き、ロシアへの唯一の切符を軍服のポケットにしまった。

ボイスマンはひとり外の暗がりに立って、雲に陰った月を眺めていた。

横顔の頬は削げ、顔色も悪い。この半年で、ずいぶんと痩せてしまったようだ。心臓の持病のほかにも、どこか患っているのかもしれない。

老いた海軍大佐はいま、なにを想っているのだろうか。壊れゆく帝国？　それとも、もう会えないかもしれない家族のこと……？

「ソローキンか」

気配に気づいたボイスマンが、ゆっくりと振り返った。

「はい……」

「なにかあったか？」

息子を気遣うような眼差しに、胸がぎゅっと締めつけられる。

「今日は、お別れを言いにきました」

帝政ロシアと皇帝に最後まで忠誠を尽くすボイスマンとの、二重の意味での決別だ。

「わかっている」

ボイスマンに驚いた様子はない。やはり、釈放証明書を手に入れてくれたのはボイスマンだったのだ。

「すべて室田から訊いている。きみの意志は、本当にロシアのためであると思いたい」

「はい。……信じてください」

毅然と言い放つソローキンをしばし見つめたあと、

「……そうだな」

自分でも不思議だというように、ボイスマンは笑った。

「きみの正義を信じている」

そして息を吸い込むと、ひとりのロシア人として言った。

「ロシアを頼む」

これが永遠の別れであることを、ふたりともわかっている。

ソローキンは、万感の思いを噛みしめて敬礼した。ボイスマンは自分にとって、ある意味では亡くなった父より父親のような存在だった。

ボイスマンもまた、ソローキンに息子同然の愛情を抱いていたに違いない。

「……神のご加護を」

ボイスマンは震える声で言うと、涙を見せまいとその場を去っていった。

旅順陥落により松山収容所の捕虜の数は二千八百名を超え、バラック病院にも多数の戦傷病兵が送り込まれてきた。

医官の数も看護婦の数も圧倒的に足りず、収容所側の要請もあって、家族はしぶしぶ、ゆいが働くことを許した。

しかし、ソローキンがどうしているか、ゆいの耳に入ってくることはなかった。

首都で民衆の血が流れる大きな事件があり、ロシアは革命前夜だという。祖国と同胞をあれほど深く愛する彼が、それを訊いて行動を起こさないはずはない。もしかしたら、ゆいのことは忘れて、すでにロシアへ帰ってしまったのかも……。

そうだとしても、仕方のないことだ。ゆいとは比べ物にならないほど、彼は肩に重い荷物を背負っているのだから。命さえ無事なら、それでいい。

いろんな想像をしては胸を痛め、涙がこぼれそうになる。けれど、こうして無我夢中で働いていれば、よけいなことを考えずに済む。

今日もまた、数人の負傷兵が新たに入ってきた。

「すみません……」

骨折して足を吊った兵士に英語で声をかけられ、どこか調子でも悪いのかと、ゆいは枕元に屈み込んだ。

「あなたが、ユイサンだろ」

小声で問われて頷くと、彼は背中の下から折り畳んだ紙を出してきた。

「ソローキンからだ」

ゆいは驚いて受け取り、その場で開いて数行の英文にすばやく目を走らせた。

『愛している。一緒にロシアへ行こう。わたしたちは向こうで必ず幸せになれる。南海座(なんかいざ)の地下で待っている』

見つかれば、今度は刑務所に入れられてしまうかもしれない。しばらくは国にも帰れなくなるかもしれない。なのに、危険を冒してゆいと連絡をとろうとしてくれた——。

彼は、諦めたりしない。絶対に。

走り書きされた手紙を、ゆいは胸に抱きしめた。

数日後、松山の人々の最大の娯楽場である南海座は、大勢の人々でにぎわっていた。

「おいでなさーい」

色とりどりの提灯がぶら下がり、ロシア語で『ロシアの皆さんへ　謝恩の夕べ』という横断幕が掲げられている。

「松山中の人が集まりますけえ。お芝居楽しんでいってくださいな。このあと、ロシア兵の皆さんもぎょうさん来ますけえの」

今日はロシア兵の捕虜将校たちが初めて観劇するということで、呼び込みがいつも以上に熱心だ。

次々やってくる客たちがお代を払い、履物を脱いで吸い込まれるように中へ入っていく。

ゆいは華やかな着物を着て、所在なげに小屋の前に立っていた。一緒についてきたタケは、知り合いを見つけて立ち話をしている。

なぜゆいがこの場所にいるかというと、松山収容所の有志の看護婦たちが、松山地方に伝わる祝福芸の民踊を披露することになっているからだ。

しばらくすると、山本たち衛兵の監視付きで、将校たちの集団がやってきた。ソローキンもいる。久しぶりに見る姿だ。いますぐそばに駆けていきたい気持ちをぐっと堪える。

さりげなく視線を交わすと、ソローキンはそのまま将校たちと一緒に中へ入っていった。

将校たちは、一階の座敷席の前方に案内された。ソローキンの隣にアレクセイが、後ろにミルスキーが腰をおろす。

南海座は大入り満席の大盛況だ。舞台では、愛媛の伝統的な踊りが始まった。

ゆいはほかの看護婦たちと一緒に、後ろのほうの席にいる。

あの手紙は届いただろうか。

ゆいを連れてロシアに還る。決意を固めたものの、相変わらず彼女に会うことは叶わず焦りばかりが募っていたとき、新たに到着した負傷兵の中に、たまたま信用できる友人の将校を見つけたのだ。ゆいに渡してくれと、急いで走り書きした紙を託した。一緒に逃げるとしたら、今日の観劇しかチャンスはない。

ちらっと盗み見ると、ゆいは緊張した面持ちで前を見据えている。

ふいに戸口からタケが顔を出した。娘がよからぬことをしないか、監視しているらしい。

ソローキンは慌てて前を向いた。

懐中時計で時間を確認する。大丈夫、落ち着け、きっとうまくいく……。

「おまえ、逃げるんだろ」

アレクセイが突然、小声で言った。

「ユイサンを連れていくのか？」

続いてミルスキーが後ろから身を乗り出し、ソローキンの耳元で囁く。

脱走のことは自分だけの胸にしまって、誰にも話したことはない。しかし、収容所で兄弟のように過ごしてきたふたりには、ソローキンがなにを考えているか、お見通しだったらしい。

「俺たちも連れていけ」

アレクセイが言う。

「それはできない……」

そもそも成功する確率が低いうえに、ソローキンはゆいを連れていこうとしている。一か八かの賭けなのだ。

「一緒に逃げるなら、手伝ってやる」

そう言うと、ミルスキーはさも皆で舞台を楽しんでいるかのようなふりをした。

戸口に立っているタケは、ソローキンの席を確認し、注意深く目を配っている。

「ゆいさん。そろそろ出番ぞな」

隣に座っていた看護婦仲間に肩を叩かれ、ゆいは笑顔を取り繕った。

「ほうね」

この演目が終わったら休憩に入り、看護婦たちによる『伊予万歳』はそのあとすぐだ。

あの手紙には、時間までは書いていなかった。けれども、衛兵の目を盗んで地下に行けるとしたら、人が入り乱れる休憩時間しかない。


席を立つ客が増え、場内がにわかに騒がしくなる。どうやら休憩時間に入ったらしい。

「落ち合う場所はわかってるな?」

「ああ」

ソローキンが答えると、ミルスキーは立ち上がってぶらぶらと先に行ってしまった。

けっきょく、ソローキンは要求を呑んだ。ふたりがいてくれれば、こんなに心強いことはない。南海座からは三人別々に逃げ出し、山中で落ち合って、翌朝には室田が手配してくれているはずの船で神戸へ向かうという手筈だ。

「ソローキン。気をつけろよ」

アレクセイに頷き、一緒に立ち上がる。チャンスは一度だけ。失敗は許されない。


ソローキンさんは、もう席を離れたかしら……。

「お母さん、そろそろ行きます」

ごった返している通路で声をかけると、タケは不安そうな目で娘を見た。

「大丈夫かの？」

「心配せんでええけん」

ゆいは笑顔を作って言った。

同時に、司会の声が聞こえてくる。

「このあと休憩が終わったら、松山捕虜収容所看護婦の皆さんによる『伊予万歳』をお贈りしますけえ。ロシア兵の皆さんも、楽しみにしとりますけえのお。早く席に戻ってくださいな……」

舞台下の通路で、ゆいはそわそわしながらソローキンを待っていた。

次の演目が始まってしまったら、ソローキンとゆいがいないことはすぐにわかってしまう。もしや衛兵に見咎められたのでは……。

「ユイ！」

次の瞬間、ゆいはソローキンの腕の中にいた。安堵と喜びで思わず笑みがこぼれる。

しかし、ぐずぐずしている暇はない。ふたりは手を繋いで走り出した。狭い通路を、裏方の人にぶつかりながら出口へ急ぐ。

「危ねえな、このやろう！」

「ごめんなさい！」

階段を駆け上がって一階に出ようとしたとき、行く手を塞ぐようにして松葉杖をついた健一郎が現れた。ハッとするゆいを、ソローキンが後ろに隠すようにしてかばう。

ここで大声を出されたら、一巻の終わりだ。

健一郎は無言でソローキンを睨みつけていたが、なぜか身を引いて道を開け、早く行けと顎をしゃくった。

舞台では、司会の男が調子のいい口上で客を引きつけている。幕一枚隔てたその後ろを、ふたりは出口に向かって風のように駆け抜けていった。


走る、走る、走る。

吐く息は白いが、少しも寒さを感じない。人家もまばらな里山の屋根付き橋を渡る頃には、もう日が暮れかかっていた。

太陽がなだらかな稜線の向こうに落ち、暗くなった山道を、それでもふたりは手を取り合って走り続ける。アレクセイたちと落ち合うのは、もっと森の奥深い場所だ。

黒い影となった山全体に、早くも捜索の松明が揺れ動いている。軍の兵士だけでなく、警察もかなりの人数が動員されているようだ。

どうにか約束の場所まで辿り着き、息を詰めるようにして身を潜めていると、アレクセイとミルスキーが小走りにやってきた。

「おまえたち、無事だったか」

ソローキンはひとまず再会を喜んだが、追っ手はもうすぐそばまで迫っている。

「このままだと、全員捕まる」

「俺たちが引きつけるから海岸へ逃げろ」

ミルスキーとアレクセイが口々に言った。

「それだと、おまえたちは捕まってしまう」

ソローキンは即座に断った。仲間を見捨てて行けるわけがない。

「マツヤマで殺されはしないさ」

用意してあったようなミルスキーの言葉を聞いて、ソローキンは気づいた。

「……最初から捕まる気だったな」

自分たちがわざと囮になって、ソローキンとゆいを逃がすつもりなのだ。

するとアレクセイが、驚くことを言った。

「ボイスマン大佐の作戦だ」

ふたりがボイスマンに呼ばれたのは、旅順陥落の翌日だったという。ソローキンが室田と寺の庫裏で密談をしていた日だ。

「わたしたちも一緒にですか？」

アレクセイは思わず訊き返した。

ソローキンは近々必ず脱走する。そのときは脱走を止めてほしい……というのなら、まだ納得できた。しかしボイスマンの頼みは、ソローキンと一緒に脱走して、彼を逃がす手助けをしてほしいという、まったく予想だにしないものだったからだ。

「ソローキンは知ってますか？」

ミルスキーが訊くと、ボイスマンは首を横に振った。

「いや。彼が知ると決心が鈍るだろう。やるかやらないかは、きみたち次第だ。わたしは命令はできない」

老いて病んだ自分にはもう、祖国のためにできることはない。だが、ひたむきに信念を貫こうとするソローキンの姿に、ボイスマンは希望と未来を見たのだ。

「わたしはもちろんやります」

ミルスキーが言った。限界だと言いながら、ぬるま湯から出ようとしなかった自分とは違う。金に飽かせて自堕落に日々を過ごすことなく、ソローキンの目は常に北方の祖国を見据えていた。

「わたしも」

むろん、アレクセイに否はない。

敬礼しようとしたふたりを、ボイスマンは止めて言った。

「敬礼はいらない。軍人としての作戦ではないからな」

ミルスキーとアレクセイは納得したように頷き、会釈して去っていく。

「……成功を祈る」

ボイスマンは、青年将校たちの背中にそっと敬礼を送った。


「——おまえには、強い意志と愛がある」

ボイスマンの愛情もさることながら、アレクセイたちの友情にソローキンは胸がいっぱいになった。

「必ずロシアを救ってみせる」

ふたりと抱き合い、改めて誓う。彼らの友情に報いるためにも。

「ユイサンを大事にな！」

なにしろミルスキーは、アレクセイにとっておきの赤い薔薇を奪われたのだ。

「ユイサン、サヨナラ」

アレクセイの日本語でやっと事情が察せられ、ゆいは感謝を込めてお辞儀した。

松明の火はもう、その熱を感じられるくらい近くに迫っている。

ミルスキーが「急げ‼」とソローキンの背中を押す。

逃げていくふたりに十字を切ると、アレクセイは大きく息を吸い込んだ。

「オオオオーーーー！」

ふたりの将校は、大声をあげながら反対方向へと駆け出した。


翌日、脱走事件の報告のため、山本が所長室を訪れた。

「申し訳ございません。ふたりを捕捉しましたが、ソローキンはまだ見つかっていません」

松山収容所始まって以来の不祥事であり、監視の任務についていた山本の大失態である。

窓の外を見ていた河野は、「うむ」と山本を振り返った。

「所持品から、このようなものが見つかりました」

「うむ」

竹の杖だ。山本が杖をふたつに分解すると、中に仕込まれていた手紙が出てきた。まさかこんな方法で密書を交わしていたとは、思いもよらない。

河野が抜き取ってそれを広げ、おざなりに目を落としてから言った。

「ソローキンは死んだ。もう捜さんでよし。以上！」

なぜそんな結論に。山本は目をしばたたかせた。

「しかし、脱走の件は警察もすでに知って……」

「わしがええと言っとるんじゃ！　わしの言うとおりにせんかい！　以上！」

先を遮って怒鳴りつける。ひと言の説明もないが、上官に反論は許されない。

「……は」

そのとき、ボイスマンが戸口に現れた。

「失礼していいかな？」

室田から「行け！」と命じられた山本が、一礼して部屋を出ていく。

入れ替わりに入ってきたボイスマンは、杖をつきながらゆっくり歩いてくると、真正面から河野と対峙した。緊張のためか、河野のカイゼル髭がピクリとする。

ふいににやりとすると、ボイスマンは椅子の背に杖をかけ、大儀そうに腰をおろした。

「このような処置は、あなたしかできない。条約違反どころではありませんな」

いつものように室田が河野のそばに寄り添い、通訳を務める。

「はん。あんたこそ、部下ふたりを使って警官を攪乱（かくらん）させましたな？」

ボイスマンはちょっと肩をすくめ、再び立ち上がって河野のそばに来ると、執務机に寄りかかった。

「あなたもわたしも同じですな。わたしたちはいろんな経験をして、軍人として義務を果たしている。しかし結局、情に負けてしまう」

「負ける、負ける。条約？　軍人？　取っ払えば、負けるただの人間よ」

いかめしい面をつけた収容所所長が、初めて素の顔をさらけ出した。

「あんたもそうか。ええ？　おい……」

ハッハッハと豪快に笑いながら、河野は杖に仕込んであった紙を放り捨てた。

ボイスマンが内ポケットから煙草入れを出して、河野に勧める。

「どうぞ」

わざわざ本国から送ってもらった煙草だ。

「お。……スパシーバ（ありがとう）」

「どういたしまして」

お返しに河野がマッチを擦って、ボイスマンがくわえた煙草に火をつけてやる。

「スパシーバ」

「なんのなんの」

祖国の味がするのか、ボイスマンはうまそうに煙を吐き出した。

河野も自分の煙草に火をつけ、ボイスマンと並んで煙をくゆらせる。

この一本を吸い終わるまでは、ただの人間同士として、同じ時代に生きる、戦友にも似た同じ軍人同士として。

Заключительная глава

回顧録のようなソローキンの日記は続いた。

『月明かりに照らされた海が輝いていた。追っ手に見つからないように、足を滑らせないように、ゆいとしっかり手を繋いで岩肌を歩いていく。

そしてわたしたちは船に乗り、八日かけて神戸のフランス領事館に逃げ込んだ。ロシアに行くには、フランス経由しかない。

次のフランス行きの船に乗るために数日、山荘で過ごした。長旅の前にゆっくり過ごしたかったからだ。その数日はわたしの人生において、特別な日々であった。

今までのしがらみからすべて解放され、ゆいとわたしだけの時間。お互いの愛を確かめ合うには、これ以上ない場所だった――』

山の上に建つ瀟洒(しょうしゃ)な洋館からは、神戸の港が見渡せた。

素晴らしい家具も眺望も、しかしソローキンとゆいの目には映らなかった。

ここに、ふたりを引き裂くものはなにもない。ここでは、誰の目も気にしなくていい。

ソローキンはものも言わずに、強くゆいを抱きしめた。腕の中に、愛する人がいる。この先もずっと。それが夢ではないことを確かめるために。

海からの風がカーテンを揺らす寝室の窓辺で、初めて交わした甘美な口づけ。恥じらいながらも、おずおずと応えてくれたゆいの柔らかな唇。

裸のままシーツにくるまり、飽きもせず互いの顔を見つめ合った。

ゆいのほのかに色づいた肌からは、まだ見ぬ桜の花のかぐわしい香りがした。

永遠に続くと信じていた幸せは、フランス行きの船が出航する朝、突然に終わりを告げた。

あれから一年以上経ったいまでも、胸が張り裂けそうになる。

目覚めたときにゆいの姿はすでになく、枕元に手紙だけが残されていた。

あの日の空は、雲ひとつない快晴だったことを覚えている。

けれど窓の外を見るソローキンの瞳はなにも映さず、その空は悲しみの涙で覆われていた。

ロシアでは血の日曜日事件で皇帝が民衆の信頼を失い、各地に暴動が広がってストライキや反乱が起きていた。

ロシアに戻ったソローキンは、すぐさま革命に身を投じた。命を危険にさらしたことも、一度や二度ではない。

一九〇五年十月三十日、皇帝は政治的譲歩を公約した宣言を出す。しかし、ロシアが本質的な革命にいたるには、まだまだ道のりは遠かった。

『ロシアに戻り大変な思いをしたが、いまでも松山の日々を忘れたことはない。わたしたちは本当に松山の人々が大好きだった。

脱走する前に、恩返しをするよう皆に頼んだ。日本はまだまだ貧しい。日本に持ってきたお金はすべて松山で使ってほしいと……武田蝋燭の蝋燭はすべて買い取ってほしいと伝えた。少しでも生活の足しになればと願っている』

ソローキンが松山を去ったあと、捕虜将校たちは自由に散歩ができるようになった。

商店街のある湊町には洋酒や洋食・洋菓子店、ビリヤード場などロシア人向けの店ができ、ロシア町と呼ばれるほどの活況を呈した。捕虜たちが落とすお金は戦時下で不景気だった松山に思わぬ活気をもたらし、ロシア兵と松山の人々との交流も深まったのである。

すべてがソローキンのおかげとは言わない。

だが少なくとも武田蝋燭に捕虜たちが殺到したのは、ソローキンのひと言があったからに違いなかった。


『日本というサクラの国はとても美しかった。そしてサクラを教えてくれた愛する人には、本当に幸せになってほしい』


ソローキンは、静かに日記を閉じた。

そのかたわらに、すでに書き終えたゆいへの手紙がある。

『サクラハ　トテモ　ウツクシカッタ』――カタカナで書き足した愛のメッセージは、彼女の元に届くだろうか。

『To　Yui　Takeda』の文字を願いを込めて見つめると、ソローキンは書簡を手に持ち、部屋を出ていった。

＊

一方、ゆいの日記には、こんな一文で始まる長い文章がある。

『わたしは、ロシアについていくつもりでした。しかし、それは無理でした――』

「ゆいさん、その手紙を出すんじゃや！」

負傷兵から渡されたソローキンの手紙は、その場ですぐ衛兵に見つかってしまったのである。

自分のせいで、ソローキンが祖国に戻れなくなるようなことがあってはならない。

ゆいは決心した。

愛のために、愛を手放す決意を――。

ゆいはその足で所長室に駆け込み、河野に懇願した。

ソローキン少尉を逃がしてほしい。彼は日本の敵として祖国に戻るのではなく、ロシア帝国を民衆の元に返すために戻るのだと、何度も何度も説明した。

しかし、捕虜の逃亡を見逃すなど前代未聞だ。ゆいがソローキンと愛し合っていることは河野の耳にも届いている。恋人を助けたい一心の婦女子の頼みで、収容所の所長たる自分がこんなことを許すわけにはいかない。

ゆいは、康平との結婚を条件に、勇吉と健一郎に協力を頼んだ。もはや手段など選んでいられない。

これには、河野も困惑した。この戦争で息子が英霊となった父親、そして傷痍（しょうい）軍人になった本人が敵兵を逃がしてくれと頭をさげにきたのだから。

ソフィアが味方になってくれたことも大きかった。彼を逃がすことは、ロシアのためだけでなく、ひいては日本のためにもなる。そう説得してくれたのだ。

部下の室田も、ソローキンをロシアに還すべきだと強く主張する。河野が理由を問い質したところ、室田はこわごわ口を割った。じつは、参謀本部の明石元二郎大佐から内命を帯びているというのだ！　直接の上官である自分に黙っているとは噴飯ものであるが、軍の方針にも沿うことであれば、大義名分は立つ。

最終的に河野の心を動かしたのは、やはりゆいの愛だった。

ゆいは所長室に日参し、額を床にこすりつけて泣きながら懇願した。

ソローキンさんを逃がしてあげてください。

そして、ロシアに帰してあげてください。

お願いします。お願いします。お願いします――。

土下座するゆいを立たせようとすると、なりふり構わず足にすがりついてくる。そして
また同じ文句を繰り返す。その姿は、哀れですらあった。

とうとう河野は釈放証明書を発行し、収容所の書類上はソローキンを死んだことにして
逃してくれることを約束した。

結婚とひきかえに、ゆいはもうひとつ、勇吉たちに条件を出した。

彼が無事に日本を出国できるか、見届けたい、と。

勇吉もタケも頭を抱えた。万が一、そのまま帰ってこなかったら……だが、まっすぐで、
嘘はつけない娘だ。結婚するという誓いを違えるとは思えない。

ゆいにこんな強さがあったとは――勇吉もタケも、いままで知らなかった娘の一面に驚
きながら、その条件を呑んだ。

南海座の裏口で、健一郎が黙ってふたりを通したのはそのためだったのだ。

＊

ソローキンが日本を去って約一月後の三月十日、日本陸軍は奉天会戦に大勝した。

そしてその約二ヶ月半後の日本海海戦においては、東郷平八郎海軍大将率いる連合艦隊がバルチック艦隊を壊滅に追い込む。この一方的な大勝利は、秋山真之作戦参謀の「本日天気晴朗なれども波高し」という文言とともに歴史に刻まれることになった。

ロシアの敗北はもはや明白となり、日本もこれ以上戦争を続ける国力が残っておらず、九月五日、ルーズベルト大統領の斡旋によって、アメリカのポーツマスで日露講和条約が締結された。

それを待っていたかのように九月二十一日、祖国の土を踏むことなく、ロシア海軍大佐ワシリー・ボイスマンがこの世を去る。葬儀は盛大を極め、会葬者は日露両国合わせて八百名あまりにものぼった。

平和回復後、ロシア帝国軍人に戻って軍刀を返還された捕虜たちは次々と帰国していき、松山では翌年二月十六日に最後の帰国船が高浜港を出航。その四日後、松山捕虜収容所は閉鎖された。

ロシア兵捕虜のいなくなった松山は、まるで火が消えたようだったという。

*

「お母さん、桜が綺麗よ。一緒に見にいこう」

十歳になる娘のハナが、部屋で日記をつけていたゆいを呼びにきた。

「ええよ」

微笑んで答える。ハナもゆいに負けないくらい、いや、母親以上に桜が好きだ。

薄い髪と目の色、透けるような白い肌。いまでもまざまざと目に浮かぶ、愛する人の面影を残した娘――。

ソローキンの子を身ごもったことにゆいが気づいたのは、すでに康平と祝言の盃を交わしたあとだった。

どれほどの大騒ぎになるだろうか。けれど、少しの後悔もない。ゆいは、全身全霊でソローキンというひとりの男性を愛し、その愛の証を授かったのだから。

夫となった康平には、包み隠さずすべてを打ち明けた。離縁されるのは覚悟の上だ。ただ、優しい夫を傷つけることだけがつらい。

しかし康平は、お腹の子を我が子として育てると言ってくれた。ゆいの子どもは、自分の子どもだからと。

誰の目にもあきらかな、ロシアの血が混じる娘。

けれど、いま後ろからハナを見守る康平のまなざしは、父親のそれ以外の何物でもない。深い愛情ですべてを受け止めてくれた夫には、本当に感謝しかない。

ゆいは日記を閉じ、傍らに置いてあったソローキンに宛てた手紙を手に取った。

彼は元気でいるだろうか。ロシアは第一次世界大戦に参戦し、再び民衆の不満が膨らんでいると聞く。彼の愛する祖国に、また多くの血が流れないことを願うばかりだ。

あの蒼い瞳は、いまなにを見つめているだろう。怪我などしていなければいい。優しく美しい女性が彼のそばにいてくれるといい。可愛い子どもたちに囲まれて、幸せに暮らしているといい……。

あの出航の朝、枕に顔を埋めるようにして眠っていたソローキンの愛しい横顔を思い出す。その顔をまぶたに焼き付けると、ゆいはそっと柔らかな金色の髪の匂いをかいだ。

——この愛の時間だけで、わたしは生きていける。

別れの手紙を枕元に置き、足を忍ばせて洋館のドアを出た瞬間、しかしゆいはこらえ切れずに泣き崩れた。


『あなたとの別れから十年が経ち、毎年桜の季節に手紙を出していますが、返事がありません。今年で最後の手紙にしようと思います』


松山城の天守が、透き通った青空に映えて美しい。

満開の桜の木の下を、ゆいはハナと一緒に歩いていく。

——サクラは、日本なのですね。

ふいに、ソローキンの声が聞こえてくる。

——わたしにとって日本はあなたです。わたしはあなたに会うために、サクラの国に来たのかもしれません……。

美しい日本の花を、彼に見せてあげたかった。それだけが心残りだ。

『ソローキンさん。戦争という大きな不幸の上に咲いた、わたしたちのささやかな愛。今もしっかり生きています……』

桜吹雪の中で笑う娘を、ゆいはまぶしそうに見つめた。

＊

ふたりの愛の物語に、こんな顛末があっただなんて……。

日記を読み終えた桜子は、手を口に当てて嗚咽をこらえた。

「ソローキンは生涯独身で過ごしました。日本に行こうとしたときもありましたが、見つかれば刑務所行きです。二度と日本の地を踏むことはありませんでした」

キリルが、「これを」とソローキンの日記に挟まっていた古い写真と手紙を取り出す。

「ゆいさんから一通だけ手紙が届き、その中にこの写真がありました」

ゆいと、西洋的な顔立ちをした着物姿の少女が桜の木の下に立っている。桜子の曾祖母のハナだ。

「しかし、残念ながら届いたのは、ソローキンが亡くなったあとでした」

一九一七年にロマノフ王朝が倒れて革命が成される前に、ソローキンは病気で亡くなったという。残酷な運命に、また涙がこみ上げる。彼の命は、革命の礎となったのだ。

倉田が構えていたカメラをおろし、写真を持っている桜子の手にそっと手を重ねた。

――ひいひいおじいちゃん、あなたには娘がいたんですよ。愛するゆいさんとの子どもが……。

桜子は涙を拭い、ソローキンの日記とゆいの日記を、寄り添わせるように並べた。

「ふたりの人生がなかったら、わたしは生まれなかった……」

戦争は、たくさんの悲劇と不幸を生んだかもしれない。けれど、そこにはたくさんの愛もまた生まれたのだ。

桜子は笑顔になって立ち上がり、オリガたちを振り返った。

「わたしは、ゆいとソローキンの子孫なんです」

ふたりの強い愛が、桜子をこの場所へと導いた。そんなふたりの血を受け継いでいる自分が、こんなにも誇らしい。

ユーリャが通訳すると、オリガの目に涙が膨れ上がった。

「わたしたちは、ソローキンの妹アリョーナの子孫です」

息をするのも忘れて、桜子はオリガとユーリャ、キリルを見つめた。

わたしたちは、親戚だということ――？　だからオリガは、あんなにゆいの日記を見たがったのだ。

「そして彼らは、ロシア兵捕虜の子孫です」

桜子たちを取り囲んだロシア人たちは皆、感極まって涙ぐんでいる。

百十五年の時を紡いで両国の絆がつながった、奇跡の瞬間だった。

涙の止まらない桜子を、オリガが抱きしめる。

この一瞬を、倉田がカメラに収めないわけがない。

「ようやく彼らの思いがひとつになりました」

桜子の肩に手を置いて、キリルが言った。

やっと……やっと会えたんだね。涙で潤んだ桜子の目に、テーブルの上の二冊の日記が、幸せそうに寄り添っているように見えた。

＊

桜の花びらが舞う石垣の道を歩きながら、ゆいははるか北の遠くを見つめた。
あの日、偶然ここで彼に出会い、幸せそうに呼びかける自分の声が聞こえてくる。
「ソローキンさん！　ズドラストビーチェ」と——。

この物語は、映画『ソローキンの見た桜』の脚本を基に小説化したものです。小説化にあたり、内容に変更と創作が加えられていることをご了承ください。

また、この物語は史実を基にしたフィクションです。実在の人物、団体、場所等とは関係ありません。

なお、今日では不適切と思われる描写・表現がありますが、本作の時代背景を考慮し、そのまま使用しております。

参考文献

『松山収容所』才神時雄　中公新書
『マツヤマの記憶　日露戦争１００年のロシア兵捕虜』松山大学編　成文社
『松山捕虜収容所日記　ロシア将校の見た明治日本』Ｆ・クプチンスキー　小田川研二訳　中央公論社
『ロシア兵捕虜が歩いたマツヤマ　日露戦争科の国際交流』宮脇昇　愛媛新聞社
『愛媛県の歴史散歩』山川出版社
『日清・日露戦争』海野福寿　集英社
『日露戦争がよくわかる本』太平洋戦争研究会　ＰＨＰ文庫

あとがき／原作者：田中和彦

この「ソローキンの見た桜」を南海放送が初めて世に送り出したのは、日露戦争開戦百年という節目の年。二〇〇四年の春、六十分のラジオドラマとしてでした。

日露戦争の真最中。日本で最初の捕虜収容所が松山にできたこと。戦争中の二年間でのべ六〇〇〇人のロシア兵捕虜が松山に送られてきたこと。当時人口三万人の松山市内で、彼らは塀のない捕虜生活を送り、市民たちとも自由に交流していたこと。この間、市民とロシア兵捕虜との間で一度も刑事事件やトラブルが起こっていないこと。そして、怪我や病気が癒えず亡くなった捕虜の墓九十八基を松山人は、その祖国を臨むように北向きに建て、現代にいたるまで百年間、手厚く供養し続けていること……。

それらを知ってもらおうと企画したラジオドラマでした。

当時は今のようにデジタル編集ではなく、オープンテープでのアナログ編集でしたから、ナレーションとBGMと効果音のミキシングを一気にやっていましたので、その大変さだけはよく覚えています。

このラジオドラマは翌年に第一回日本放送文化大賞ラジオグランプリという栄誉をいただき、すべての民放AMラジオ局を通して全国放送されました。しかし一部の評論家からは「ロシア兵捕虜と明治の日本人女性の恋など荒唐無稽なストーリーは、物語として説得力に欠ける」という評も聞きました。

このラジオドラマを制作した六年後の二〇一〇年。松山市内でのちに「誓いのコイン」と言われるロシア兵捕虜と看護師の名前が連名で刻まれた金貨が発掘されました。これをもとに地元の坊っちゃん劇場が「誓いのコイン」というタイトルで舞台化し話題になりましたが、金貨発掘のニュースを見たとき、僕はいつかの評論家に「ほらね！」と言いたい衝動にかられました。

そんな思い出話はさておき、色々な方からのご縁をいただき、この物語が映像化されたこと。それも日露合作で国際映画になったこと。さらに活字としてこうして一冊の本にしていただいたことを心からありがたく思っています。

南海放送がロシア兵墓地にこだわってきた歴史

昭和三七年。才神時雄（さいかみときお）というシベリア抑留経験のある作家が、奥さんの伝手で松山に住むようになりました。松山のマスコミは彼に飛びつきますが、気難しい「文士タイプ」の作家で原稿料の前借りやら、編集を許さないことなどトラブルが続き、次第にみんな離れていきます。

最後まで才神時雄と付き合ったのは南海放送（当時はラジオ南海）のラジオ制作課課長をしていた土居俊夫でした。土居は当社の第一期生であり、後に第六代の社長・会長になる人です。

土居俊夫は「トロッコの眼」という自社ラジオ番組で才神を取材リポーター、喋り手として使い続けます。才神は自らの抑留体験から明治と昭和の捕虜の扱いの違い、戦争の質の違いはなんだったのだろうと「ロシア兵墓地」にまつわる取材を続けるのです。

これをもとに昭和四四年七月に才神時雄は『松山収容所 - 捕虜と日本人』（中公新書）を世に出します。日本中の人がロシア兵墓地の存在を知ったのはこの本のお蔭でした。そして平成に入ってすぐに才神は亡くなります。いつものようにロシア兵墓地をお参りしての帰りだったと聞いています。

南海放送がロシア兵墓地の物語を発信し続けるのは、こういう第一期生が携わってきたという歴史的な背景もあるわけです。

ラジオドラマと映画の違うところ

ラジオドラマは〝宇宙〟ですら簡単に表現出来ます。そこが一番の魅力で、僕はラジオドラマの制作をずっと続けていました。「ソローキンの見た桜」のなかで、ラジオドラマにはあって映画にはないシーンがふたつだけあります。

そのひとつ。ロシア兵捕虜は松山の高浜港に船で上陸するのですが、彼らはそこから坊っちゃん列車に乗って市内まで移送されます。しかしハーグ条約の順守を一番に考えていた松山市長は、自らは三等客車に乗り、捕虜たちは一等客車に乗せるのです。それはその後の二年間を象徴する出来事でした。

もうひとつ。市民と商店街が企画してロシア兵捕虜による自転車競技大会が行われています。異国にいて何不自由なく暮らしていてもつまらないだろうからと、今でいう競輪競技のような大会を道後公園で実施したのです。レース用に自転車を何台も用意して一着には金時計を商店街からプレゼントするなどの趣向を凝らし、熱狂的で賑やかな大イベントを開いているのです。戦争中に、です。このときの写真資料などを手にした才神時雄の驚愕が目に浮かぶようです。

人生は素晴らしい、だけど……

ラジオドラマ「ソローキンの見た桜」のテーマは「人生は素晴らしい、だけどそれは時々完璧ではない」……でした。そして明治の女性の凛とした格好よさ、強さを「桜」に例えて表現したいということでした。

今、ロシアと日本との間に新しい時代が来ようとしています。ロシアに対してのみならず、明治の頃の日本は気高く品位を保った考え方を諸外国に対してしていました。それに対して現代はどうでしょう。放って置くとヘイトスピーチが平気で行き交う……いったいどこでこうなってしまったのでしょうか。昭和から平成へ。そして次の時代が来ようとしている今、明治に学ぶべき何かをこの物語から感じていただければ……と思います。

田中　和彦

映画『ソローキンの見た桜』

Cast

阿部純子
ロデオン・ガリュチェンコ

…………

山本陽子（特別出演）
アレクサンドル・ドモガロフ
六平直政

…………

海老瀬はな　戒田節子
山本修夢　藤野詩音
宇田恵菜　井上奈々
杉作J太郎　斎藤工
イッセー尾形

Staff

監督・脚本・編集…………井上雅貴
原案…………青山淳平
原作…………田中和彦
脚本…………香取俊介
音楽…………小野川浩幸
プロデューサー…………益田祐美子　井上イリーナ　清水啓介　遠藤日登思
スーパーバイザー…………エカテリーナ柳内光子
撮影…………岩倉具輝
照明…………一ノ瀬省吾
録音…………木原コウジ
装飾…………松本良二
助監督…………向田優
制作担当…………山崎敏充
衣装…………白石敦子
ヘアメイク…………高松れい
書画…………小林芙蓉
製作…………平成プロジェクト　博報堂　南海放送　読売新聞社
アミューズ　BCM　BS日テレ　／　サナス　1Первый канал
制作プロダクション…………INOUE VISUAL DESIGN
配給…………KADOKAWA
宣伝…………ウルフ
後援…………愛媛県　松山市　愛媛県倫理法人会

ノベライズ……………………豊田美加
装丁・本文デザイン……鈴木大輔、仲條世菜（ソウルデザイン）
校正……………………………東京出版サービスセンター
編集……………………………田中悠香（ワニブックス）

ソローキンの見た桜

2019年3月16日　初版発行

発行者……横内正昭
発行人……青柳有紀
発行所……株式会社ワニブックス
〒150-8482
東京都渋谷区恵比寿4-4-9　えびす大黒ビル
電話　03-5449-2711（代表）
03-5449-2716（編集部）
ワニブックスHP　http://www.wani.co.jp/
WANI BOOKOUT　http://www.wanibookout.com/

印刷所……株式会社光邦
DTP………株式会社三協美術
製本所……ナショナル製本

ISBN 978-4-8470-9780-5